D1421206

onweerstaanbaar

Cecily von Ziegesar bij Arena:

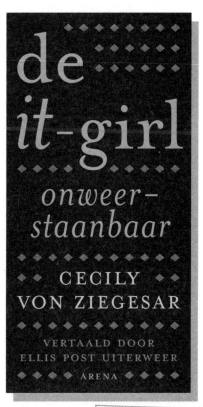

de
it-girl

onweer-
staanbaar

CECILY
VON ZIEGESAR

VERTAALD DOOR
ELLIS POST UITERWEER

ARENA

Bibliotheek Heinenoord
Wilhelminastraat 8
3274 AP Heinenoord
Tel. 0186-603557

Oorspronkelijke titel: *Reckless*

© Oorspronkelijke uitgave: 2006 by Alloy Entertainment

© Nederlandse uitgave: Arena Amsterdam, 2007

© Vertaling uit het Engels: Ellis Post Uiterweer

Omslagontwerp: Roald Triebels, Amsterdam

Foto voorzijde omslag: Pete Leonard / zefa / Corbis

Typografie: Roald Triebels, Amsterdam

Zetwerk: zetR, Hoogeveen

ISBN 978-90-6974-805-4

NUR 285

O wat wordt er een verraderlijk web geweven,
als we ons op het pad van bedrog begeven

Sir Walter Scott

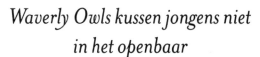

Waverly Owls kussen jongens niet in het openbaar

Een koude, grijze regen spetterde tegen de enorme ramen van het tekenlokaal. In plaats van zich te concentreren op de krant die voor haar uitgespreid op de tafel lag, moest Jenny Humphrey denken aan de liefdesscène in *Match Point*, waarin Jonathan Rhys Meyers Scarlett Johansson aflebbert, midden op een akker in de stromende regen. Als het aan Jenny lag, zou ze natuurlijk Easy Walsh aflebberen, de sexy leerling van de Waverly Academy. (En net als in de film zou het een zomer op het Engelse platteland zijn, en niet een ijskoude herfstdag in de staat New York.) Easy Walsh, de sexy leerling van de Waverly Academy, was toevallig wel háár vriendje.

De vorige week had mevrouw Silver met het kroeshaar Jenny, Easy en Alison Quentin gevraagd of ze het keuzevak modeltekenen wilden volgen dat op woensdagmiddag werd gegeven. Ze had hen na portrettekenen even apart genomen en met van trots fonkelende ogen gezegd: 'Jullie zijn mijn beste leerlingen.' Volgens haar zouden ze door aan modeltekenen te doen meer begrip van het menselijk lichaam krijgen, en daardoor hun aanzienlijke talent nog verder kunnen uitbuiten. Jenny had het geweldig gevonden. Het was erg vleiend om al na een paar weken tekenles apart te worden genomen om te horen dat je talent hebt. En het was ook fijn om nog vaker bij Easy te kunnen zijn.

Toen Jenny na de lunch in het tekenlokaal was gekomen, was

ze bij de deur gaan zitten. Midden in de ruimte stond een verhoging met een stoel erop. Daaromheen waren tafels in een halve kring opgesteld. Ze keek om zich heen, in de hoop een glimp op te vangen van Easy's aanbiddelijke donkerbruine krullen. Ze herkende maar een paar mensen. Parker DuBois was er, de bovenbouwer uit Frankrijk (of was het België?) over wie de meisjes veel fluisterden, en een lang meisje van het hockeyelftal dat Brett en zij altijd het Meisje in het Zwart noemden. Eindelijk zag ze Easy, ver weg bij de materiaalkasten. Hij keek naar haar terwijl ze het lokaal uit liep en zwaaide naar haar, en daardoor maakte haar hart een sprongetje. Niet dat haar hart toch al niet sneller was gaan kloppen.

Wanneer Jenny niet dromerig uit het raam keek, vond ze deze twee uur durende les prettig uitdagend. Om de vijf minuten vroeg mevrouw Silver een andere leerling om op de verhoging te komen en daar te poseren. Gekleed natuurlijk, dus je hoefde je nergens voor te schamen, hoewel Jenny het niet prettig zou vinden als iedereen naar haar grote tieten keek. Gelukkig was zij nog niet aan de beurt geweest. Maar Easy wel. Mevrouw Silver had gezegd dat hij op de stoel moest gaan zitten en zijn veters strikken. Jenny vond dat het een veel mooiere tekening zou zijn geworden als hij zonder shirt had mogen poseren.

Voor het einde van de les liep mevrouw Silver door het lokaal en zocht de beste schetsen uit (die van Easy, Parker en het Meisje in het Zwart). Die zouden vrijdag worden tentoongesteld voor de andere leerlingen. Toevallig (of niet toevallig?) zou dat weekend ook de raad van bestuur op bezoek komen.

Tegen de tijd dat er een einde aan de les kwam, was het harder gaan waaien en leek de regen meer op een moesson. Gelukkig droeg Jenny haar regenlaarsjes van Jeffery Campbell met een veelkleurig bloemetjesdessin. Leuk, maar ook functioneel. Op een regenachtige dag had ze in de bibliotheek van het Waverly (toen ze eigenlijk Latijnse werkwoordvervoegingen moest leren) in een tijdschrift gelezen dat het goed voor je gemoedstoestand was om op grauwe, regenachtige dagen iets vrolijks en kleurigs te dragen. Jenny had dat advies ter harte genomen en het als smoesje gebruikt om de regenlaarzen en een schattige Benetton-regenjas te kopen die ze op internet had gevonden. De jas was in een kindermaatje en een beetje te strak om haar boezem, maar ze werd er inderdaad vrolijk van.

Niet dat ze nóg iets nodig had om vrolijk van te worden.

Jenny stond op en haakte haar rugzak los van de stoelleuning.

'Heb je iets laten vallen?' hoorde ze iemand zacht achter zich zeggen.

Met een ruk draaide ze zich om, en daar stond Easy, met haar lichtroze paraplu in zijn handen alsof die een zwaard was.

'Wil je hem lenen?' vroeg ze terwijl ze opzij stapte om de andere leerlingen langs te laten.

'Niet mijn kleur.' Easy liet zijn grijze canvas tas op de grond ploffen en trok zijn bordeauxrode schoolblazer aan.

Toen Jenny naar kostschool ging, had ze de hele schoolgids aandachtig bestudeerd omdat ze nog niet wist dat iedereen alle regels toch maar aan zijn laars lapte. Ze had gelezen dat iedereen verplicht was een nette blazer te hebben. Wat er ook met 'net' werd bedoeld... Jenny was er zeker van dat Easy's blazer niet zou worden goedgekeurd, met een wapentje dat er half af was, gerafelde mouwen en vol met kreukels.

'Dat valt nog te bezien. Bordeauxrood staat je goed, en op het kleurenwiel van mevrouw Silver ligt dat heel dicht bij roze,' grapte ze. Ze pakte de paraplu van hem aan.

Samenzweerderig kwam hij dichter bij haar staan. 'Jou staan alle kleuren goed.'

Jenny kuchte om hem af te leiden van de malle grijns die ze op haar gezicht voelde verschijnen.

'En met houtskool op je wangen zie je er helemaal geweldig uit,' ging Easy verder. Hij legde zijn hand in het holletje van haar rug en duwde haar zachtjes het lokaal uit.

'Hè?' Jenny keek naar zichzelf in het spiegelende glas van een van de vitrines in de gang. Er zat een grijze veeg op haar rechterwang. Jasses! En zij had nog wel zitten denken dat het zo romantisch was om alleen met Easy in het tekenlokaal te zijn, en ondertussen had hij zich natuurlijk afgevraagd wanneer ze eens doorkreeg dat haar gezicht smoezelig was. Snel haalde ze een papieren zakdoekje uit de zak van haar spijkerbroek en veegde daarmee over haar wang. Eigenlijk moest het met water, maar waar Easy bij was, wilde ze het niet met spuug doen. Getsie. Ze haalde haar schouders op en stapte door de voordeur naar buiten. 'Het gaat er wel af in de regen.'

Ze schudde haar paraplu open en hield die boven hun hoofd terwijl ze de trap voor het gebouw af liepen. 'Waar ga jij naartoe?' vroeg ze. Ze moest op haar tenen lopen om te zorgen dat Easy's hoofd onder de paraplu paste. Ze voelde haar haar in de vochtige lucht gaan kroezen, maar toch vond ze deze stromende regen schitterend. Het gazon zag er prachtig uit: het gras was onnatuurlijk groen, en het felle bruin en oranje van de enorme eiken was gehuld in een magnifieke grijze nevel. Het leek wel een ansichtkaart. En zij woonde hier.

Easy klopte op het borstzakje van zijn bruin-wit gestreepte T-shirt van Abercrombie & Fitch. Het was zo dun geworden dat het de volgende keer dat het werd gewassen wel uit elkaar zou vallen.

Jenny moest moeite doen om haar handen niet over zijn borstkas te laten dwalen; om aan het T-shirt te voelen, natuurlijk.

'Ik ga even naar de stal om te kijken hoe het met Credo is,' zei hij. 'Ze wordt soms bang van regen.'

'Geef haar namens mij maar een wortel.' De dag dat Jenny

had kennisgemaakt met Credo, was ook de dag geweest dat ze voor het eerst had paardgereden, en Easy Walsh gezoend.

Op het Waverly leek de tijd te vliegen. Er was nog maar anderhalve week voorbij gegaan sinds Easy in alle vroegte was teruggekomen van het feest in Boston van Tinsley Carmichaels Cafégenootschap, en hij met Jenny in het gras de zon had zien opgaan. Ze hadden gepraat en gezoend, en in elkaars armen gelegen. Het was hemels geweest. Het was iets waarvan je niet verwacht dat jij het ooit zult meemaken. Tenminste niet als je een onderdeurtje met enorme tieten en krullend haar bent zoals Jenny Humphrey.

Easy keek Jenny lachend aan en schopte toen naar een van de schijnwerpers die daar stonden om de kunstig gesnoeide struiken voor het gebouw uit te lichten. 'Je kunt meegaan,' stelde hij met een schaapachtige grijns voor, alsof hij erover dacht iemand anders dan Credo eens flink te strelen.

Jenny draaide met de paraplu boven hun hoofd. Nog een regenachtige middag met Easy in de stal? Dat was wel erg verleidelijk. Langzaam schudde ze haar hoofd. 'Ik zou dolgraag willen, maar het is nu niet zo'n goed idee. Ik moet vrijdag een opstel voor Engels inleveren. Eigenlijk moet ik me met mijn laptop in de bibliotheek terugtrekken.'

Ze wilde niet als een stuudje overkomen, maar ze had goede cijfers behaald en dat wilde ze graag zo houden. Ze legde haar vrije hand op Easy's pols. Ze werd helemaal warm vanbinnen door het lichamelijke contact, warmer nog dan toen ze haar eerste doelpunt had gescoord tegen Briarwood Academy. Wacht eens, wilde ze echt niet mee omdat ze een opstel moest schrijven? Was ze soms gek geworden?

'Ik kan wel wachten,' zei Easy met dat aanbiddelijke accent van Kentucky. 'Als het moet.' Hij keek Jenny recht aan met zijn donkerblauwe ogen.

Er voer een huivering door haar heen, langs haar rug helemaal tot haar tenen in de toffe regenlaarsjes. 'We gaan in het weekend iets leuks doen,' beloofde Jenny terwijl ze over het grindpad in de richting van Dumbarton liepen. 'We kunnen vrijdag gaan paardrijden en daarna een hapje gaan eten. Misschien kan ik eens in draf gaan.'

Easy grijnsde breed. 'Prima. Ik vertel Credo wel dat je klaar bent voor een uitdaging.'

'Nee!' riep Jenny. Ze stootte Easy met haar heup onder de paraplu vandaan, de regen in. 'De vorige keer was al uitdaging genoeg.'

Easy dook terug onder de paraplu en gaf haar een arm. 'Nou, zal ik je dan naar je kamer brengen?'

Alleen al door het woord 'kamer' verstarde ze. Jenny had zich vooral op haar schoolwerk gestort omdat ze bang was om alleen te zijn met haar kamergenote Callie Vernon. Ze zat nog liever in die stomme bibliotheek.

Eerst had Jenny een kamer gedeeld met Callie, Tinsley en Brett Messerschmidt. Maar toen Tinsley en Callie betrapt werden op het feest in de presidentiële suite van het Boston Ritz-Bradley, had het schoolhoofd, meneer Marymount, de meisjes uit elkaar gehaald.

De eerste week nadat Brett en Tinsley verhuisd waren van Dumbarton 303 naar Dumbarton 121, was de onaangenaamste tijd geweest die Jenny ooit had meegemaakt. Het was nog erger dan die keer dat ze ongesteld werd terwijl ze met haar vader in de bossen van Vermont kampeerde, en ze ouderwets, dik maandverband had moeten gebruiken omdat er in de dichtstbijzijnde plattelandswinkel niets anders te krijgen was. Callie had de gewoonte om dwars door Jenny heen te kijken, niet alsof ze haar negeerde, maar alsof ze domweg niet bestond. Dat was waarschijnlijk de enige manier waarop Callie kon omgaan met het feit dat haar kamergenote haar vriendje had afgepikt. Voor Callie maakte het geen verschil of Jenny dat expres had gedaan of niet. Feit was dat het was gebeurd.

Op een avond was Jenny thuisgekomen van de bieb en had Callie haar pas gewassen kleren in haar kast zien proppen. (Alle echt rijke leerlingen stuurden hun vuile was naar de wasserij. Jenny voelde zich soms een arme sloeber omdat zij haar was in de machine in de kelder moest doen.) Het was Jenny opgevallen dat Callies lange, springerige rossigblonde haar was afgeknipt tot net boven haar schouders, netjes in laagjes. Na een korte aarzeling had Jenny gezegd: 'Goh, wat zit je haar leuk!' Ze had het oprecht gemeend. Maar Callie had alleen maar gegaapt en in de spiegel gekeken of er geen lippenstift op haar tanden zat.

De enige keer dat Jenny na Boston met haar had gesproken, was zachtjes gezegd hoogst onplezierig geweest. 'Nieuwe jurk?' had Jenny op een middag gevraagd. Ze verwachtte eigenlijk geen reactie. Het was ook een stomme vraag. Sinds het uit was met Easy, had Callie alleen nog maar nieuwe kleren. Gekreukelde verpakkingen van Saks, Barney en Anthropologie lagen elke dag in de prullenmand, en er was al een hele stapel schoenendozen gegroeid, allemaal van Missoni en Michael Kors. Met een ruk had Callie zich omgedraaid, en haar nieuwe kapsel was keurig teruggevallen zoals het hoorde. Uit de hoogte zei ze: 'Ja. En als er ook maar een kansje bestond dat mijn kleren jou zouden passen, zou ik bang zijn dat je ze ook zou gaan jatten.' Daarna was ze de kamer uit gestormd. Jenny had haar met open mond nagekeken.

Dus deed ze haar uiterste best om Callie te ontlopen. Ze stond heel vroeg op, nam een douche en kleedde zich aan, en was de kamer al uit voordat Callie ook maar het paarse oogmaskertje had afgedaan en uit bed was gestapt. Het was allemaal erg vermoeiend, en Jenny had er schoon genoeg van steeds te moeten uitvissen wanneer Callie uit de kamer zou zijn zodat zij er eventjes kon binnenwippen.

'Gaat het?' Easy zette de kraag van zijn blazer op tegen de stromende regen. Zijn Doc Martens van onbestemde kleur – zwart? Donkerrood? Of gewoon smerig? – werden nat. Een losse gele veter sleepte bemodderd achter hem aan terwijl hij met de neus van zijn laars een steentje wegschopte. Zelfs zijn schoenen waren leuk.

'Ja hoor.' Plotseling liet Jenny de paraplu in het gras naast het pad vallen en hief haar gezicht naar de regenachtige lucht. Ze liet de koele druppels in haar gezicht vallen. Ze miste New York een beetje. Met haar nieuwe regenlaarzen zou ze heerlijk in de plassen kunnen trappen die zich nu vormden voor het appartementengebouw tussen West End Avenue en 99th Street.

Het leek Easy niet te deren dat hij ineens nat werd. Hij kwam dichter bij haar staan, en toen ze naar hem op keek, zag ze zijn ogen fonkelen. Een druipnatte donkerbruine krul plakte tegen zijn voorhoofd. 'Wat ben je toch lief.' Hij boog zich over haar heen en wreef zijn neus over de hare voordat hij haar kuste.

Om de waarheid te zeggen, als zij Easy met een ander meisje zou zien, zou ze ook een hekel aan dat meisje krijgen. Ze kon het Callie niet kwalijk nemen. Callie had dan wel een leuk nieuw kapsel en trendy nieuw kleren, maar het deed nog steeds pijn.

Jenny kon er echter niets aan doen. Easy was geweldig, en als ze moest kiezen tussen hem en vriendin met Callie zijn, dan wist ze het wel. Hij was het helemaal waard.

'Je wordt gebeld,' mompelde Jenny. Ze liet Easy los omdat ze het mobieltje in zijn borstzak had voelen trillen.

'Ik heb niks gehoord.' Easy grijnsde, legde zijn handen op Jenny's heupen en trok haar weer tegen zich aan.

'Maar als het nou iets belangrijks is?'

'Belangrijker dan dit?' fluisterde hij. 'Dat kan niet.'

Een hele poos bleven ze elkaar op de stoep voor Dumbarton in de regen zoenen. Jenny stond op de onderste tree, en ze moest toch opkijken om Easy's blik te kunnen ontmoeten. Voor de duizendste keer verdrong ze de gedachte aan hoeveel makkelijker het voor Callie moest zijn geweest om met Easy te zoenen; Callie was een kop groter dan Jenny.

Maar als zij er al moeite mee had om aan Callie en Easy samen te dénken, moest het voor Callie een marteling zijn hen samen te zíén. Misschien was het beter om Easy gekend te hebben en vervolgens te zijn kwijtgeraakt dan hem helemaal nooit te hebben gekend. Jenny wist het niet precies. En ze wilde er ook liever niet achter komen.

AlanStGirard:	Ik zag Marymount daarnet in CoffeeRoasters theedrinken met mevrouw Rose. Is zij de stoeipoes met wie hij in het Ritz is betrapt?
TinsleyCarmichael:	Wat heb je dat weer mooi gezegd. Nee.
AlanStGirard:	Waarom zeg je niet wie het wel was?
TinsleyCarmichael:	Omdat geheimen heel veel waard kunnen zijn, stomkop. En ik heb het gevoel dat deze info nog wel eens van pas zou kunnen komen.
AlanStGirard:	Weet je ook iets van mij?
TinsleyCarmichael:	Ha, je moest eens weten... Zorg maar dat je in een goed blaadje bij me blijft staan.

Een Waverly Owl maakt gebruik van het goede moment

'Hé, prinses,' riep Heath Ferro toen hij op de tweede verdieping van Richards de deur opengooide van de kamer die hij deelde met Brandon Buchanan. Zijn marineblauwe Puma's waren doorweekt en maakten piepende geluiden op de eerst zo schone eikenhouten vloer. 'Ach,' zei hij toen hij zag dat de gordijnen nog dicht waren en Brandon onder zijn smetteloze sprei van perzikkleurige chenille lag opgekruld. 'Slaapt de Schone Slaapster nog?'

Klojo, dacht Brandon. Een normaal iemand wanneer hij de kamer in liep, merkte dat de gordijnen dicht waren, op de Hammacher Schlemmer Sound Oasis 'Summer Night' hoorde en iemand in bed zag liggen, denken: misschien moet ik maar zachtjes doen. Maar dat zou te veel gevraagd zijn van Heath Ferro.

'Hou je kop, Ferro,' grauwde Brandon. Hij tilde zijn hoofd net lang genoeg op van het kussen om Heath kwaad aan te kijken.

Het probleem met Heath – of beter gezegd: een van de problemen met Heath – was dat hij zo in zichzelf opging dat het hem geen moer kon schelen of zijn kamergenoot lag te slapen, aan het leren was, of zwelgde in zelfmedelijden. Heath was een soort orkaan.

'Moet je niet trainen, sukkel?' Heath knipte het licht aan, en meteen werd het verduisterde hol fel verlicht door tl-buizen.

Brandon trok de dekens over zijn hoofd. Trainen. Ja, hij had moeten trainen. Omdat hij captain van het squashteam was, moest hij eigenlijk maar eens opstaan en naar de training gaan. Maar de gedachte om in een kleine ruimte een stom rubber balletje rond te slaan met een jongen die naar zweet stonk, stond hem helemaal niet aan. Het was heel ongebruikelijk voor Brandon om te spijbelen, maar toch had hij de laatste les van die dag gelaten voor wat die was. Het regenachtige weer maakte hem depri en had hem doen verlangen naar zijn warme bed. Het liefst had hij een dutje gedaan om misschien nooit meer wakker te worden.

Goed, dat was morbide. Maar sinds het eervorige weekend was hij zichzelf niet meer. Callie Vernon had hem vreselijk vernederd door op het feest in het Ritz-Bradley tegen hem te zeggen dat hij maar homoporno moest gaan kijken. Iedereen had het gehoord. Oké, hij was een beetje al te beschermend geweest, maar Callie had zich dan ook erg stom aangesteld door op een bureau te springen en haar kleren uit te trekken. Alleen maar omdat ze dronken was en niet wilde onderdoen voor Tinsley. Brandon werd altijd misselijk wanneer hij eraan dacht dat Callie zo'n laag zelfbeeld had, en dat ze de misschien sociopathische Tinsley zo vereerde. Hij kon er niets aan doen, maar het deed gewoon pijn als hij haar zich als een kloon zonder hersens zag gedragen.

Hij had haar gevraagd even naar zijn kamer te komen voor een gesprek onder vier ogen. Of misschien iets meer dan een gesprek. Maar Callie had hem voor aap gezet en getierd dat hij haar met rust moest laten.

Nou, als ze dat wilde, hij vond het best. Hij werd moe van zijn obsessie voor Callie. Trouwens, ze was nog steeds die artistieke sufkop van een Easy niet vergeten. Brandon wist dat ze alleen maar op dat bureau was geklommen om haar striptease te doen omdat ze had gezien dat Easy bewonderend naar

Tinsleys lichaam had gekeken. Dat had ze niet kunnen hebben. Brandon walgde van zowel Tinsley als Easy. Maar Callie aanbad die twee natuurlijk. Brandon ging echt niet wachten totdat ze er eindelijk achter zou komen dat die twee gewoon suffe slijmballen waren, en ze bij hem terug zou komen. Maar hij had eigenlijk niets beters te doen...

Hij gooide zijn extrazachte deken van zich af en zette zijn blote voeten op de koude, houten vloer. Hij was al gekleed voor de training, in een marineblauwe Adidas-trainingsbroek met oranje strepen langs de pijpen, en zo'n wit Lacoste-T-shirt waarvan hij er stapels had gekocht. Hij vond ze fijn om in te sporten, maar zodra er zweetplekken onder de oksels in kwamen, gooide hij ze weg. 'Even dimmen, Ferro. Ik deed alleen maar een dutje.'

'Het zal wel.' Maniakaal lachend trok Heath zijn natgeregende witte Diesel-T-shirt uit waar GEEN NORMEN, GEEN PANIEK op stond, maakte er een prop van en gooide die naar Brandons hoofd. Hij miste, en het shirt belandde als een natte knoedel op Brandons bureau.

Geweldig. Heath zou inderdaad nooit in paniek raken, want hij wist niets van normen.

Brandon liep naar de ladekast en slaakte een zucht toen hij de moddersporen zag die Heath op de vloer had achtergelaten. Hij haalde een paar keurig opgerolde Adidas-sportsokken uit een la. Hij wilde nog een bijtende opmerking tegen Heath maken, maar werd afgeleid doordat er geluid kwam uit de Treo op zijn eikenhouten nachtkastje. Callie? Brandon klikte het mobieltje open en zag het nummer van zijn vader op het scherm. Inwendig kreunend zei hij: 'Dag, vader.'

'Je klinkt slaperig.' Meneer Buchanan zei het beschuldigend. 'Ik hoop niet dat ik je wakker heb gemaakt. Maar waarom je midden op de dag een dutje zou willen doen, snap ik niet.'

Ook dat nog. Zijn vader was nog bezitteriger en agressiever dan anders. Misschien nam hij dat over van zijn nieuwe echtgenote, een op geld belust kreng van een jaar of vijfentwintig.

'Ik wilde net gaan trainen,' zei Brandon. 'Is er iets?'

Meneer Buchanan was een vermoeid man die ouder leek dan hij was. Brandon vermoedde dat dat kwam omdat hij een nieuw gezinnetje had gesticht terwijl hij al op leeftijd was. Brandons brutale halfbroertjes, de tweeling Zachary en Luke, waren nog vermoeiender dan Tom Cruise met speed in zijn lijf. Geen wonder dat meneer Buchanan altijd maar aan het werk was.

Meneer Buchanan negeerde Brandons vraag, of hij had het niet gehoord. 'Ik dineer vrijdag met rector Marymount. Ik wil graag dat je daarbij bent. Nodig Callie ook maar uit.'

Rector Marymount? Callie? Waar had zijn vader het verdomme over? 'Kom je... hier?' vroeg Brandon in verwarring gebracht.

Meneer Buchanan zuchtte, en op de achtergrond hoorde Brandon het geluid van een rijdende trein. Waarschijnlijk was zijn vader onderweg van zijn werk in Greenwich naar zijn huis in de stad.

'Brandon, ik hoop dat je tijdens de les beter oplet dan wanneer je met je vader spreekt. Het hele weekend is de raad van bestuur op het Waverly om te vergaderen. Dat heb ik je maanden geleden al verteld.'

'De raad van bestuur,' zei Brandon. 'Sorry, dat was ik even vergeten,' voegde hij eraan toe, hoewel hij er vrij zeker van was dat zijn vader het er niet over had gehad. Het was beter de schuld bij jezelf te leggen dan te verwachten dat zijn vader de schuld op zich zou nemen. Maar jezus... Dineren met meneer Marymount? Waaraan had hij zo'n zware straf verdiend? En met Callie? Kennelijk vergat zijn vader ook wel eens iets. 'Eh...

misschien ben je vergeten dat het uit is met Callie? Al ongeveer een heel jaar?'

'Je vertelt me ook nooit iets,' mopperde meneer Buchanan na een poosje. 'Goed, neem dan maar iemand anders mee. Ik wil niet met zijn drietjes dineren. Dat lijkt me nogal saai, vind je ook niet?'

Saai? Jezusmina!

'Oké, ik neem wel iemand mee.' Ouders waren echt rare lui. 'Pa, ik moet nu naar de training.'

'Goed. Ik hoop dat je wint. Reserveer een tafel om acht uur in die tent… die Franse.' Meneer Buchanan had de verbinding al verbroken voordat Brandon had kunnen zeggen dat het een training was, geen wedstrijd. Op een training win je niet.

'Hoorde ik je daar de toverwoorden uitspreken?' vroeg Heath zodra Brandon het mobieltje in zijn sporttas van zwart nylon had gemikt. Heath grijnsde als een kleuter die de ijscoman hoort aankomen.

'Wat?'

'De raad van bestuur,' zei Heath. Zijn grijns werd almaar breder. Nog steeds had hij geen ander shirt aangetrokken, hij stond midden in de kamer, slechts gekleed in een kort rood Nike-voetbalbroekje vol grasvlekken. 'Je weet toch wat dat betekent?'

'Ja. Een zootje opgeblazen rijke oude kerels komt hier en dwingt hun arme, overwerkte zonen kikkerbillen te eten in Le Petit Coq, samen met het verdomde schoolhoofd. Ongeveer de hel.'

'Nee, stomkop,' viel Heath hem in de rede. Hij pakte een voetbal en hield die met zijn knieën hoog. 'Het betekent dat er een zootje opgeblazen rijke oude kerels komt, en dat iedereen zo zijn best doet om het hen naar de zin te maken dat niemand tijd heeft om eens te kijken wat de leerlingen allemaal uitspoken.' Heath grinnikte. 'En dat betekent: FEESTEN!' Hij zette

zijn woorden kracht bij door de bal tegen Brandons boeken-
kastje te schoppen zodat alles van de bovenste plank op de
grond viel.

Brandon zuchtte eens diep. Sinds het weekend in Boston
was Heath onmogelijk. Tinsleys geheim genootschap had
Heath uitverkoren als hun volgende mannelijke proefper-
soon. En dat terwijl hij toch al zo'n enorm ego had. Brandon
was vroeg weggegaan van het feest, nadat Callie hem waar
iedereen bij was zo diep had vernederd. Maar hij had gehoord
wat er verder nog allemaal was gebeurd. Er werd gefluisterd dat
Callie, Tinsley en Heath naar het dak waren gegaan en daar
naakt hadden gedanst. Niemand wist er echter het fijne van.
Ze wisten alleen maar dat toen ze halfnaakt en katterig op de
vloer van de hotelsuite wakker werden, deze drie er niet meer
waren. Brandon vond het allemaal uiterst verdacht klinken,
maar Callie en hij wisselden geen woord meer. En hij wilde liever niet horen dat ze zo stom was geweest om met Heath Ferro
naar bed te gaan.

Want dat zou ze toch niet hebben gedaan?

Heath pakte zijn Blackberry en toetste een nummer in.

'Nu al op zoek naar een afspraakje voor in het weekend?'
vroeg Brandon spottend terwijl hij zijn felgele jack aantrok.
Híj was juist degene die een afspraakje moest maken. Wie kon
hij in godsnaam uitnodigen voor een dineetje met zijn vader
en meneer Marymount?

'Nee,' reageerde Heath stuurs. 'Ik bel mijn maatje bij
Rhinecliff Liquors. Want wat is een feest zonder drank?'

Owlnet instant message inbox

SageFrancis:	Heeft Small de training al afgelast?
BennyCunningham:	Net mijn e-mail opgehaald… We moeten om vier uur precies in Lasell zijn.
SageFrancis:	Cool. Trainen op de Stairmaster met uitzicht op de jongens van voetbal die stretchoefeningen doen!
BennyCunningham:	Ik snap niet dat je het leuk vindt in die stinkende gymzaal.
SageFrancis:	Maar jij hebt dan ook nooit met een jongen gezoend in de douchehokjes achter de jongenskleedkamer.
BennyCunningham:	Wie???
SageFrancis:	Dat hoor je nog wel als we een keer Waarheid of Durven spelen.

3

Een Waverly Owl rommelt niet in de spullen van haar kamergenote — ze zou iets kunnen aantreffen

Op regenachtige dagen voelde Callie Vernon zich altijd vreselijk slaperig. Ze kon haar ogen bijna niet openhouden tijdens de les Amerikaanse geschiedenis, maar dat leek meneer Wilde, de boekenwurmige leraar van een jaar of dertig, niet op te vallen. Normaal gesproken wist hij altijd Callies aandacht vast te houden met zijn zware bariton en zijn scheve lachje, maar deze keer niet. Om twee uur had ze het gevoel dat het al avond was. Daarbuiten leek het wel een moesson, verdomme. De hockeytraining was afgelast. Dat leek leuk, maar eigenlijk was het dat niet. Het betekende dat iedereen naar Lasell moest, de verouderde fitnessruimte, waar ze een uur cardio moesten doen. En daar had Callie een hekel aan. Hoe broodmager ze ook wilde zijn, ze kon niet hardlopen als iedereen joelde naar de jongens die ze door het raam in de gymzaal bezig konden zien. Bovendien rook het in Lasell naar zweetvoeten. En op een regendag als deze zouden de andere trainingen ook zijn afgelast, en dat betekende dat het er vol zwetende en stinkende jongens zou zitten

Meneer Wilde stuurde de klas weg. Knipperend met haar ogen om de slaap te verdrijven liep Callie langs hem heen de deur uit.

Hij keek haar met zo'n scheef lachje aan en zei: 'Volgens mij zou je een dutje moeten gaan doen.'

Dat was toch een soort toestemming van een leraar om de training maar over te slaan? Of om op zijn minst te laat te komen?

Een uur later werd Callie wakker na haar siësta (haar moeder vond dat je beter siësta kunt zeggen dan dutje, omdat een dutje zo lui klinkt). Ze geeuwde en sprong toen uit bed, enkel gekleed in haar zwarte ondergoed van Calvin Klein Frenchcut en een bijpassend hemdje. Als ze wilde, kon ze best naakt rondlopen in haar kamer, want ze had die eigenlijk voor zich alleen. Nadat Tinsley en Brett waren verhuisd, zag ze Jenny nauwelijks meer. Elke ochtend werd Callie wakker in een verlaten kamer, en ze kroop 's avonds na haar pilates-oefeningen in bed zonder dat ze haar bezige bij van een kamergenote had gezien. En zo wilde ze het graag houden.

Ze zou kunnen gaan denken dat Jenny de nacht elders doorbracht, een gedachte die haar gek van jaloezie zou maken; de kleine Jenny Humphrey die nacht na nacht stiekem het jongenshuis binnen glipte en woest en hartstochtelijk met Easy Walsh vrijde. Maar gelukkig rook ze elke ochtend de ginseng met honing geur van Jenny's Frederic Fekkai Curl Enhancing Lotion. Daardoor wist Callie dat dat kleine scharminkel van een vriendjes-afpikster gewoon in haar eigen bed sliep. Of misschien stond ze gewoon erg vroeg op.

Jenny leek bang voor haar te zijn. Terecht. Niet dat Callies leven niet verbeterd was sinds het uit was met Easy. Ze had zichzelf ervan weten te overtuigen dat het een wederzijdse beslissing was geweest, en dat ze niet was gedumpt vanwege die Jenny. Callie had een 10 gehaald voor haar proefwerk biologie, ze had zes keer gescoord tijdens de laatste twee hockeywedstrijden, en ze had geflirt met bijna elke knappe en onbezette jongen van school. De vorige donderdag had ze toestemming gekregen om per trein naar Manhattan te gaan voor 'medisch onderzoek', daarna had ze de hele middag in Bergdorf-Goodman doorgebracht, en ze was ook nog gaan kijken bij winkels die show-modellen van ontwerpers verkochten. Toen ze op het station van Rhinecliff uit de trein stapte, voelde ze zich kilo's lichter. Terwijl ze toch was beladen met tassen vol kleren van Theory, op nieuwe Christian Louboutin-schoenen liep met plateau-zolen, en met sexy enkelbandjes en schattige geborduurde vlindertjes op de neuzen, en ze haar haar centimeters korter had laten knippen in de Red Door Salon. Het zwierde nu pre-cies op haar schouders. Ze had zich niet alleen lichter gevoeld, maar ook vrij. Hoewel ze het wel prettiger zou hebben gevon-den als Easy niet haar kamergenote als vriendinnetje zou heb-ben uitgekozen. Of beter nog, als hij helemaal geen vriendin-netje zou hebben.

Ze keek naar zichzelf in de spiegel op haar kaptafel en schud-de haar hoofd, blij met haar nieuwe kapsel dat zo grappig mee-bewoog. Easy zou het haar vast leuk hebben vinden staan.

Shit. Het was echt moeilijk om gevoelens uit te schakelen die al meer dan een jaar in haar huisden. Moest ze zich er dan zo-maar overheen zetten, alleen maar omdat Easy plotseling meer zag in een stomme meid met roze wangen en idioot grote tie-ten? Het was echt heel moeilijk. Twaalf maanden lang had ze aan Easy gedacht wanneer ze 's avonds in bed kroop. Wanneer ze in een tijdschrift een mooie witte bruidsjapon zag, droom-de ze van Easy aan haar zij. Ze zuchtte eens diep. Ze zou hem best terug willen.

Ze voelde dat ze bloosde. Tinsley was de enige met wie ze kon praten over haar gekwetste gevoelens. Tinsley verveelde het nooit, maar leek juist graag naar haar te luisteren. Het leek wel of Tinsley het Jenny meer kwalijk nam dan Callie zelf.

Buiten leek het iets minder hard te regenen. Callie geeuw-de nog een keer en besloot toen haar spullen bij elkaar te zoe-ken en toch maar naar de gymzaal te gaan. Door te bewegen komt er endorfine vrij, een geheel natuurlijk antidepressivum. Als ze geen Paxil van haar moeder in handen kon krijgen, dan kon ze net zo goed op zo'n loopband springen. Uit de overvolle bovenste la van haar ladekast (waar ze haar sportkledij en andere niet zo modieuze spullen in bewaarde) haalde ze een Adidas-broekje dat Stella McCartney had ontworpen en trok dat aan.

Haarelastiekje, dacht ze terwijl ze in de la keek. Die dingen raakte ze altijd kwijt. Waar bleven ze toch, verdorie? Met een schuldig gevoel keek ze naar Jenny's ladekast. Die was bijna net zo rommelig als de hare. Als Jenny niet zo'n achterbakse vriendjes-afpakster was geweest, hadden ze best vriendinnen kunnen worden.

Zonder aarzelen liep Callie naar Jenny's ladekast en stak haar hand uit naar het Altoids-blikje vol haarelastiekjes. Haar hand bleef in de lucht hangen toen ze een opgevouwen papiertje zag met een J erop. Ze raakte de letter aan en er ontstond een veeg. Houtskool.

Haar hart sloeg sneller. Ze pakte het uit een schrift gescheurde blaadje en keek naar Easy's vertrouwde, kinderlijke handschrift. Alleen Easy kon een J bijna onleesbaar maken. Even overwoog ze of het wel in de haak was om andermans brieven te lezen, maar de nieuwsgierigheid won het.

Er stonden geen woorden op het papier, alleen maar een potloodtekening. Het was een karikatuur van een mannetje met een enorm hoofd vol donker, warrig haar, in een spijkerbroek met gaten bij de knieën, en een T-shirt met het vredesteken erop. Ze kon zo wel raden wie het moest voorstellen: Easy. Hij gaf een kushandje. Voordat Callie het wist, had ze al een prop van het blaadje gemaakt. Ze keek er even naar en stak het toen in het piepkleine zakje van haar trainingsbroek, dat dichtging met een rits. Eigenlijk was dat bedoeld om de sleutel van je kluisje in te bewaren. Gejaagd keek ze om zich heen, op zoek naar iets om te verscheuren of tegen de muur kapot te gooien. Ineens pakte ze een handvol haarelastiekjes uit het Altoids-blikje en schoot ze een voor een alle richtingen uit. Met elk elastiekje dat door de lucht vloog zakte haar woede. De elastiekjes verdwenen tussen de bergen verkreukte designer-kleertjes op de grond.

Daarna pakte Callie haar sporttas, beende de deur uit en stormde de houten trappen af, naar de kamer van Tinsley en Brett. Ze moest onmiddellijk even met iemand praten. Ze moest vertellen dat ze zelf veel leuker was dan die topzware dwerg van een Jenny, en dat Easy de rest van zijn leven spijt zou hebben dat hij het had uitgemaakt.

Maar toen ze een hoek om vloog, bleef ze ineens staan. Shit. Voor de deur van de kamer van Tinsley en Brett stond Jenny, nog steeds gekleed in een slank afkledende donkere spijker-broek en een paar gebloemde regenlaarsjes. Ze had ook een schattig regenjasje van modieus rood vinyl aan. Haar donkere krulhaar zat tegen haar voorhoofd geplakt, en haar bleke, gave huid was nat van de regen. Ze zou er vreselijk hebben uitgezien als ze geen blosjes op haar wangen had gehad, en als er geen zelfingenomen lachje om haar rode mond had gespeeld. Ze had een viltstift in haar hand en stond klaar om iets op het mededelingenbord te schrijven dat aan de deur hing.

'O, hoi.' Verschrikt keek Jenny op. 'Ik eh... ik wilde een berichtje achterlaten voor Brett.' Haar wangen kleurden nog roder omdat Callie daar maar zwijgend bleef staan.

Tinsley had het waarschijnlijk gehoord, want even later, nog voordat Callie echt de tijd had gehad om Jenny goed te nege-ren, vloog de deur open. Daar stond Tinsley, slechts gekleed in een strak zwart yogabroekje en een bijpassend sportbeha-tje. Ze keek van de een naar de ander, met een snelle grijns voor Callie en toen een doordringende blik voor Jenny.

Geschrokken deinsde Jenny achteruit voor die viooltjes-blauwe ogen. De rode viltstift had ze nog in haar hand. Tinsley hield haar hoofd schuin, alsof ze niet kon begrijpen wat Jenny bij de deur deed.

Jenny had wel in elkaar willen krimpen in de diepe stilte, en onder de vijandige blikken van twee oudere meisjes. 'Eh... tot ziens in de gymzaal dan maar...' Haar stem stierf weg, en ze liep achteruit naar de trap.

'Is dat mijn viltstift?' vroeg Tinsley ijzig.

'O, sorry.' Jenny liep terug en gaf de viltstift aan Tinsley. Vervolgens trok ze snel haar hand terug, alsof ze bang was dat ze zich zou branden. 'Wil je misschien tegen Brett zeggen... Och, laat ook maar.' Ineens was haar te binnen geschoten dat Brett en Tinsley ook geen woord met elkaar wisselden. 'Eh... ik ga maar eens.'

Callie en Tinsley keken haar na totdat ze om de hoek was verdwenen. Toen legde Tinsley haar hand op Callies lange, magere arm. 'Maak je maar niet druk. Ze krijgt haar verdiende loon nog wel.' Tinsleys ondeugende ogen fonkelden. Ze was altijd plannetjes aan het bedenken, en ze was dol op wraak nemen. Kennelijk had ze al iets bedacht om Jenny te grazen te nemen.

Maar Callie vond het niet leuk. Om de waarheid te zeggen wilde ze Jenny helemaal niet te grazen nemen.

Ze wilde alleen maar Easy terug.

Aan: BriannaMesserschmidt@elle.com
Van: BrettMesserschmidt@waverly.edu
Datum: woensdag 2 oktober, 16:04
Onderwerp: Blij

Bree,

Heb al een hele poos niks meer van je gehoord. Ik hoop dat je baas niet net zo tegen je doet als in <u>De duivel draagt Prada.</u> Op het Waverly gaat alles zijn gangetje. Maar ik ben wel van plan dit weekend een verraderlijke Owl te zijn en het team van het St. Lucius aan te moedigen vanwege Jeremiah. Maar ik juich dan eigenlijk alleen voor hem. De laatste tijd is hij echt ongelooflijk, en ik ben van plan hem daar binnenkort voor te belonen. Ik hou je op de hoogte.

Maak je niet druk, ik blijf gewoon

je kleine zusje

4

Het magazijn op het sportveld is op afspraak
beschikbaar voor Waverly Owls die binnen
extra willen trainen

Brett Messerschmidt had tussen de twee middaglessen geen tijd om haar e-mail op te halen omdat ze het opgegeven fragment uit Ovidius' *Metamorphoses* nog niet had vertaald. Ze had er spijt van dat ze zich niet had laten testen voordat ze zich drie weken geleden voor de Latijnse les had ingeschreven die werd gegeven door de sexy meneer Dalton, want de lesstof ging haar boven haar pet. Meneer Eric Dalton gaf nu geen les meer, want hij had zijn handjes niet kunnen thuishouden, en de betreffende leerling heette Brett Messerschmidt. De leraar was ontslagen, en was niet langer beschikbaar voor intieme besprekingen onder het genot van een glaasje wijn.

Brett was blij dat er bij de nieuwe docent geen sprake van dit soort akkefietjes kon zijn. Mevrouw Graver was in de veertig en leek totaal niet op de leraar met wie ze bijna had gevrijd. De afgelopen anderhalve week was Brett weer zo smoorverliefd op Jeremiah dat ze nauwelijks meer dacht aan het feit dat ze zich zo had aangesteld met Eric Dalton. Nou ja, ze dacht er nog maar af en toe aan.

Na de les pakte ze haar grasgroene regenjas van Pasha & Jo en rende naar het magazijn op het sportveld. Ze wilde een beetje trainen op het schieten voordat de andere meisjes van het elftal kwamen. Maar er zat een briefje op de zware metalen deuren waarop stond dat de meisjes naar Lasell moesten gaan.

Gadver. Helemaal teruglopen in de regen? Brett trok aan de deur. Die zat niet op slot. Met een grijns haalde ze haar mobieltje tevoorschijn. Een half uur later lag ze op een van de matten naast Jeremiah. Het was net alsof ze in een heel zacht bed lagen. In dit magazijn lagen alle spullen voor de verschillende sporten opgeslagen, en het was er een beetje spookachtig, maar ook heel romantisch.

'Ik ben hier nog nooit binnen geweest.' Jeremiah keek op naar het hoge plafond met de balken. Hij lag met zijn handen onder zijn hoofd. De regen kletterde op het golfplaten dak neer.

Brett ging op haar zij liggen om beter naar hem te kunnen kijken. Ze was blij dat haar exclusieve Indiase rok bedoeld was om kreukelig te zijn. Een lokje rood haar — het lokje dat altijd voor haar gezicht viel, ook al gebruikte ze nog zo veel speldjes — hing weer voor haar ogen, zodat het net was alsof ze door een rode vitrage naar Jeremiah keek.

Voordat ze hem had leren kennen, viel ze niet op sportieve types. Ze voelde zich aangetrokken tot oudere mannen, goedgeklede mannen van de wereld, Europeanen. Zoals Gunther, de Zwitser die ze tijdens een skivakantie had leren kennen en van wie werd verondersteld dat ze aan hem haar maagdelijkheid had verloren. Tenminste, dat gerucht had ze zelf de wereld in geholpen. Maar nu het zo goed ging met Jeremiah wilde ze liever eventuele misverstanden ophelderen.

Toen het vorig jaar aan was geraakt, nadat ze elkaar hadden leren kennen op het ruige lentefeest op het landgoed van Heath Ferro's ouders in Woodstock, was ze niet helemaal eerlijk tegen Jeremiah geweest. Hij had gedacht dat ze het wereldse, volwassen, ervaren meisje was als wie ze zich had voorgedaan sinds ze op het Waverly zat. En zo'n meisje was natuurlijk geen maagd meer. Ze had niets gedaan om hem uit de droom te helpen, ook niet toen hij had opgebiecht dat híj nog wel maagd was. Brett wist dat het stom en onvolwassen was om net te doen alsof je iets bent wat je niet bent, maar zij voelde zich er zekerder door. Ze vond het fijn om de baas te zijn, om de grenzen te trekken, om degene te zijn met de meeste ervaring. Bovendien wilde ze Jeremiah toen nog niet de waarheid vertellen, en ze wilde ook nog niet met iemand naar bed.

Maar nu was alles anders.

'Krijg je daar geen gedonder mee, dat je de training overslaat om bij je vriendinnetje te zijn?' vroeg ze flirterig terwijl ze haar vinger over Jeremiahs brede borst liet dwalen. Hij was echt verrukkelijk. Ze streelde hem zachtjes, want na een hele week football spelen had Jeremiah overal blauwe plekken. Hij was de beste quarterback van het St. Lucius en werd veel getackeld.

Over tackelen gesproken, dacht Brett, en ze draaide zich naar Jeremiah om.

'Kan me niet schelen.' Hij keek haar met zijn blauwgroene ogen recht aan. 'Wanneer het zo regent, komt het hele veld blank te staan. We moeten vanavond gewoon een beetje trainen in de fitnessruimte.'

'Ja, wij ook.' Brett vertrok haar gezicht. 'Ik heb toch zo'n hekel aan de gymzaal. Al die stomme sportievelingen die kwijlend naar de meisjes in hun korte Puma-broekjes kijken. Echt walgelijk.'

'Vind je mij ook een stomme sportieveling?' vroeg Jeremiah plagerig.

'Jij bent de quarterback, lieverd. Natuurlijk ben je dan een sportieveling.' Ze draaide haar hoofd en beroerde met haar lippen de zijne, maar toch was het geen kus. 'Maar wel een leuke sportieveling.'

'Vooruit dan maar.' Hij kuste haar zo half terug. 'En ik vind het fijn als je me lieverd noemt.' Hij zei het met een Bostons accent.

Hoe had ze dat accent toch ooit vreselijk kunnen vinden? Het klonk juist zo exotisch, en ook erg sexy als ze bedacht dat John F. Kennedy ook zo had gesproken. O, de Kennedy's... Jeremiah was bijna net zoals zij, maar dan zonder al die schandalen met seks en drugs. Daar deed zijn familie niet aan.

'Hé, schatje.' Jeremiah haalde zijn handen onder zijn hoofd vandaan en wreef ze. 'Het wordt vast een geweldig weekend. Eerst spelen we die stomkoppen van het Millford weg, en daarna gaan we feesten als beesten.'

Weer dat accent van Boston... 'Als beesten, hè?' Brett grijnsde breed. Dat klonk leuk. Ze had hard gewerkt, dus eindelijk weer eens een feest was verleidelijk. Het speet haar niet dat ze het feest in het Ritz-Bradley had gemist omdat Tinsley haar uit het exclusieve genootschap van de meisjes had gezet. Het was veel leuker geweest om iets met Jenny te doen, en natuurlijk met Jeremiah, toen hij Dumbarton binnen was geglipt. Maar nu ze gedwongen naar een andere kamer was verhuisd, een kamer die ze met haar vroegere hartsvriendin Tinsley Carmichael moest delen, deed Brett meer aan haar huiswerk dan ze normaal gesproken zou doen. Eerst had ze geprobeerd zo weinig mogelijk op de kamer te zijn en had ze 's avonds veel in de bibliotheek gezeten. Maar toen drong het tot haar door dat Tinsley dan zou hebben gewonnen. En dus ging ze weer op haar kamer huiswerk maken, met Tinsley, maar zonder ook maar enige aandacht aan elkaar te besteden. Er heerste een gespannen sfeer, maar daar liet Brett zich niet door kisten. Per slot van rekening had Tinsley meneer Dalton van haar afgepikt. Natuurlijk was dat achteraf juist een zegen geweest. Maar iemands vriendje afpikken was toch iets waar de schuldige zwaar voor gestraft diende te worden. En de wedstrijd op het St. Lucius leek daar de perfecte gelegenheid voor.

'Ik heb nu al zin in dat feest,' zei ze.

'Dat snap ik,' reageerde Jeremiah. 'Je zult daar de meest sexy chick zijn.'

Wat was hij toch lief. Ze gaf hem weer zo'n vederlicht kusje. 'Dan moet ik maar eens gaan bedenken wat ik zal aantrekken.' Ze vond het leuk om Jeremiahs vrienden te leren kennen. Misschien kon ze Callie wel aan een van hen koppelen. Hé, was dat niet een beetje overdreven? Callie wisselde ook nauwelijks meer een woord met haar. Brett werd als verraadster beschouwd omdat ze bevriend was geworden met Jenny. Tinsley kon ze best missen, want sinds die van vakantie in Zuid-Afrika was teruggekomen, was ze niet te genieten. Een nog ergere bitch dan eerst, en ook nog afstandelijker. Maar het was raar om geen vriendin meer met Callie te zijn. Ze miste Callies gebabbel in haar slaap. Zonder haar was het zo stil op de kamer.

'Zou je uit eten willen gaan met mijn ouders?' Jeremiah keek er schaapachtig bij, alsof hij niet kon geloven dat Brett daar iets voor zou voelen.

'Meen je dat?' zei ze terwijl ze met een ruk overeind kwam. 'Ik ben dol op je ouders.' Ze kon de nieuwe parelketting van twee rijen dik omdoen die ze bij Pimpernel had gekocht. Maar dat was misschien een beetje te kakkerig.

De vorige week had ze ineens de grote behoefte gehad om te shoppen. Ze had Jenny meegesleurd naar de boetiek, en daar hadden ze belachelijk dure jurken gepast die ze helemaal niet van plan waren om te kopen. Ze hadden niet gelet op de boze blikken van de blonde verkoopster, die kennelijk geen prijs stelde op de klandizie van Waverly Owls. Behalve van klanten zoals Callie uiteraard, die hier een rekening had. Normaal gesproken zou Brett niet op een parelsnoer zijn gevallen, omdat dat meer iets voor debutantes was. Maar deze parels waren grappig en onregelmatig gevormd. Ze kon zich voorstellen dat iemand als Sienna Miller ze droeg om een saai, oud zwart jurkje een beetje op te leuken. Eigenlijk waren ze uitstekend geschikt voor een etentje met de Mortimers, die zelf nogal deftig waren, maar toch ook lichtelijk excentriek.

'Vind je dat niet vervelend?' Jeremiah verschoof op de mat, en daardoor rolde Brett dichter naar hem toe. Dat vond ze bepaald niet vervelend. 'In elk geval kunnen we lekker eten,' voegde hij eraan toe.

Brett legde haar kleine hand met de gouden ringetjes op Jeremiahs grote hand en boog zich over hem heen. 'Ja, prima.'

Wat was hij toch leuk. Ze zou hem wel willen bespringen... Jezus, niet nu, dacht ze. Ze was gespannen omdat ze zich op het weekend verheugde. Het St. Lucius zou de eerste wedstrijd van het seizoen zeker winnen, en Brett zou aan de zijlijn staan om Jeremiah aan te moedigen. Ze zou een outfit aanhebben waarvan de meisjes van het St. Lucius scheel van jaloezie zouden zien. Nadat Jeremiah de winnende touchdown had gemaakt en de fans het veld op stormden, zou ze over het gras rennen (wel even eraan denken dat ze geen schoenen met naaldhakken moest dragen!) en haar armen om Jeremiahs schoudervullingen gooien. Hij zou haar dan in het rond zwaaien en haar zo'n theatrale kus geven zoals aan het eind van een film. Daarna zouden ze met zijn ouders uit eten gaan, in net zo'n gelegenheid als Le Petit Coq, maar dan bij het St. Lucius, en Brett zou de Mortimers versteld doen staan dat ze zo goed van de actualiteit op de hoogte was (niet vergeten om in de bieb nog even de *Newsweek* in te kijken!). Ondertussen zou ze haar best doen niet al te veel te letten op de sexy en zinderende blikken die Jeremiah haar over tafel zou toewerpen. Nadat ze meneer en mevrouw Mortimer ten afscheid op de wang had gekust, zouden Jeremiah en zij ergens naartoe gaan waar ze met zijn tweetjes konden zijn. Een romantisch plekje waar ze allebei voor het eerst met elkaar naar bed zouden gaan.

Ze legde haar hoofd op Jeremiahs schouder, en terwijl hij

haar zachtjes streelde, dankte ze het Lot. En dat ze zo verstandig was geweest om niet met Eric Dalton de koffer in te duiken. Ze had zichzelf bewaard voor Jeremiah. Ze hoefde nog maar een paar daagjes te wachten.

Van:	HeathFerro@waverly.edu
Aan:	Pilsemans@hotmail.com
Datum:	woensdag 2 oktober, 18:49
Onderwerp:	Aflevering van de spullen

Hoi broertje,

Bedankt voor het regelen. Zes fustjes lijken me wel voldoende om het feest op gang te krijgen. Weet je nog waar je het de vorige keer hebt afgeleverd? Als je doorloopt, kom je bij het zesde gebouw langs de weg. Dat is Dumbarton, het huis vol mooie meisjes. Ik wacht aan de achterkant op je. Middernacht. Joehoe!

H

Owlnet instant message inbox

HeathFerro: Hé, klojo, weet je nog dat je bij me in het krijt staat? Kom maar op.

JulianMcCafferty: Ik? Bij jou in het krijt?

HeathFerro: Omdat ik je niet op je lazer heb gegeven omdat je een stomme onderbouwer bent.

JulianMcCafferty: Leuk hoor. Wat moet je van me?

HeathFerro: Je moet me helpen een paar fusten op te halen, achter Dumbarton. Misschien boffen we wel en hebben de meisjes net een feestje in hun ondergoed.

JulianMcCafferty: Tja, als je het zo stelt...

HeathFerro: Ik wist wel dat je ervoor in zou zijn. Ik zie je beneden, om middernacht. Tenzij dat te laat voor je is?

JulianMcCafferty: Ik neem mijn knuffeldekentje wel mee.

5

Een Waverly Owl is altijd bereid een andere Owl de helpende hand toe te steken

Tinsley Carmichael schoof het raam van haar kamer op de eerste verdieping open. Toen het piepte, kromp ze even in elkaar, maar meteen herinnerde ze zich weer dat het haar geen moer uitmaakte of Brett om middernacht wakker werd. Ze keek naar de bult onder de Indiase sprei met roze bloemmotieven, en glimlachte omdat Brett er altijd bij lag alsof ze in coma was. Tinsley en Brett hadden geleerd om 's nachts door Callies gesnurk en gebabbel heen te slapen.

Met een zucht hees Tinsley zich op de vensterbank en liet een in een zijden pyjama gestoken been naar buiten bungelen. Leunend tegen de raamsponning pakte ze een sigaret uit haar nieuwe pakje Marlboro Ultra Light. Na een lange avond vol spanningen was het heerlijk om even te roken. Waarschijnlijk was ze bijna het enige meisje van Dumbarton dat nog wakker was. Toen ze naar haar kamer was gelopen nadat ze haar tanden had gepoetst, was ze opgebotst tegen het verlegen meisje van de kamer ernaast. Ze had een lelijke badjas van bruine badstof aan en er hing een dikke zwarte handdoek over haar schouder. Hm. Tinsley had dit meisje al vaak op een belachelijk laat tijdstip naar de badkamer zien gaan. Kennelijk wilde ze alleen douchen als alle anderen in Dumbarton al sliepen. Nou ja, dat was niet zo ongewoon. Mevrouw Pardee had nooit iets gezegd over dat dit meisje over de gang dwaalde als dat niet meer mocht, dus wist het meisje misschien iets over Pardee.

Misschien was Tinsley wel niet de enige die mevrouw Pardee met het getrouwde schoolhoofd had betrapt? Of misschien liet Pardee het meisje gewoon haar gang gaan omdat ze anders zou moeten worden opgenomen in het gekkenhuis.

Brett en Tinsley konden het al net zo slecht met elkaar vinden als Callie en Jenny. Brett had twee dingen gedaan die Tinsley niet over haar kant kon laten gaan. Ten eerste was Brett bevriend geworden met Jenny Humphrey, alsof Jenny degene was die Brett vorig jaar had gered toen ze buiten werd betrapt met ecstasy. En dan was er nog dat gedoe met meneer Dalton geweest. Brett was bijna met die kerel naar bed gegaan, en daar had ze Tinsley niets over verteld. Dus had Tinsley Eric Dalton van Brett afgepikt. Tinsley kon er niet tegen als vriendinnen elkaar niet trouw waren.

Daarom voelde Tinsley zich misschien een beetje rot — rot, niet schuldig — over hoe dat akkefietje met Dalton was afgelopen. Ze had alleen maar gewild dat Brett haar met open armen zou verwelkomen op het Waverly. Dat was toch niet te veel gevraagd van je vriendinnen? Ze had zich gekwetst gevoeld omdat Brett zo koeltjes had gedaan, en daarom had ze harde actie ondernomen. Misschien wel iets te hard. Maar Brett moest alles ook niet zo serieus nemen. Ze ging toch niet met die Dalton trouwen of zo? Bovendien was het nu weer aan tussen Brett en Jeremiah, en dat kwam omdat Tinsley meneer Dalton had ingepikt. Eigenlijk was alles dus heel goed afgelopen. Brett zou haar dankbaar moeten zijn!

Eigenlijk genoot Tinsley wel van deze ruzie, vooral omdat Brett haar poot stijf hield. De eerste tijd had Brett zich nauwelijks in hun kamer laten zien, maar toen leek het alsof het ineens tot haar was doorgedrongen dat ze zich iets ontzegde. Dus was ze vaker op de kamer, zette ze de muziek hard, kletste ze met Jeremiah of haar zusje op haar mobieltje, en daagde ze Tinsley uit om er iets van te zeggen. Brett had zelfs een keer rare lui van de scheikundeles op haar kamer uitgenodigd om elkaar te overhoren over verbindingen en symbolen. Tinsley had zwijgend aan haar bureau gezeten en niet op hen gelet wanneer ze dingen riepen over de kooi van Faraday en de reactie van glucose. Jezus! En deze avond hadden ze allebei aan hun bureau gezeten, maar anderhalve meter bij elkaar vandaan. Ze hadden werkstukken op hun laptop gemaakt en naar hun iPod geluisterd. Brett was als eerste naar bed gegaan. Zwijgend, uiteraard.

Tinsley inhaleerde diep. Het was allemaal maar een spelletje. En natuurlijk zou Brett het niet lang volhouden.

Buiten zag ze iets bewegen. Ze tikte de as af in de struiken beneden en kneep haar ogen tot spleetjes. Zonder contactlenzen zag ze nauwelijks iets. Het leek wel alsof er twee gestalten op de weg langs de achterkant van Dumbarton stonden, naast iets wat eruitzag als een stapeltje ufo's. Was dat... Heath?

Tinsleys hart klopte een beetje sneller. Er was iets aan de hand. Ze keek achterom naar de slapende Brett, toen pakte ze de sleutelring van Tiffany's waar haar Zippo van platina en het alarmfluitje aan hingen. Ze had haar vader beloofd dat fluitje altijd bij zich te hebben, ook al was ze nu weer op het Waverly en niet meer in Zuid-Afrika. Ze zette het tussen haar lippen en blies er even op.

De twee gestalten maakten een geschrokken beweging, maar voordat ze konden wegrennen, zwaaide Tinsley met haar slanke, bleke arm naar hen. 'Ben jij dat, Heath?' fluisterde ze net hard genoeg dat Heath het zou kunnen horen.

Door de duistere, koele nacht liep Heath naar haar toe. Ze richtte haar bijziende blik op de gestalte naast hem. Was dat niet die leuke, lange onderbouwer die aldoor met de oudere jongens omging? Prima. Zo werd het toch nog een leuke avond.

'Hé!' zei Heath fluisterend. 'Fijn je te zien.'

'Wat doen jullie daar?' vroeg Tinsley flirterig. Ze voelde zich heel sexy, zo in het raam zittend met haar witzijden pyjama van Hanro aan, en met een sigaret in haar hand. Net iets uit een toneelstuk van Tennessee Williams. 'Niemand mag meer buiten zijn.'

'Wij gaan voor het gevaar,' zei Julian. Hij geeuwde.

Tinsley draaide haar gezicht naar hem toe. Hij zag er net zo leuk uit als ze zich herinnerde, ook al zag ze hem een beetje wazig.

'O? Zijn jullie soms weer op zoek naar paddenstoelen?' Ze schopte met haar bungelende voet tegen de bakstenen muur van Dumbarton, en mikte toen haar sigaret in het gras beneden.

Heath trapte de peuk met zijn gymschoen uit en begroef hem in de aarde. 'We hebben een probleempje.' Hij keek bezorgd, en dat was niets voor hem. Hij wees naar de ufo's. 'Er staan daar zes fustjes die een goed tehuis zoeken.'

Tinsley keek naar de glimmende, zilverkleurige dingen. Zes fusten? 'Waarom staan die daar?'

Julian grijnsde breed en haalde zijn hand door zijn warrige blonde haar. 'Een cadeautje voor jou? Een offerande?'

'Kun je even normaal doen, schat?' Heath zag eruit alsof hij cafeïnepillen had geslikt of zo. 'Zullen we eerst iets aan ons probleem doen, dan kunnen jullie later flirten.'

'Waarom zet je ze niet op het dak?' stelde Tinsley onschuldig voor. Schouderophalend wees ze naar de brandtrap bij de hoek van het gebouw. Daarmee kon je helemaal naar het dak klimmen. Het zou grappig zijn om naar de jongens te kijken. 'Niemand die ze daar vindt.'

'Briljant!' Heath sloeg tegen zijn hoofd. 'Ik wist wel dat jij met een goed idee zou komen.' Hij gaf Julian een duw in de richting van de fusten. 'Pak jij er eentje, dan brengen we ze via de brandtrap naar boven.'

Wat waren jongens toch stom... Ongelovig en met veel plezier keek Tinsley naar de jongens die moeizaam een fust de gammele gietijzeren brandtrap op sjouwden waarbij ze hun uiterste best deden geen lawaai te maken. Ze gniffelde. Waren ze high of gewoon stom?

Tegen de tijd dat ze weer beneden waren, had Tinsley medelijden met hen gekregen. 'Zeg, ik hoorde het meisje van hiernaast net naar de douche gaan.' Misschien had het stille meisje dat uitsluitend wilde douchen als er niemand was, toch nog nut. Ze zou het vast een hele eer vinden. 'Ik kan jullie via de achterdeur binnenlaten. Dan kunnen jullie haar kamer binnen glippen. Ze heeft een eenpersoonskamer. Ik denk dat die fusten best onder haar bed passen.'

Langzaam stak ze haar voeten in haar sloffen van Ugg. De laarzen vond ze walgelijk, maar de sloffen waren heerlijk zacht. Daarna sloop ze door de gang en de koude, marmeren trap af naar de achterdeur van Dumbarton.

Heath en Julian wachtten daar al op haar, hijgend en puffend van het gesjouw met de fusten.

'Jullie hebben helemaal geen conditie,' fluisterde Tinsley. Ze maakte zich plat tegen de deur zodat de jongens langs haar heen konden. Ieder had zo'n zwaar fust onder zijn arm.

'Kun je ons niet een handje helpen?' fluisterde Heath kwaad terug. Zijn gympen, waarvan de zolen nat van de dauw waren, piepten op de vloer.

'Ik vind dat ik al meer dan genoeg heb gedaan.' Ze ging hen voor door de gang, en toen ze langs de badkamer liepen, viel het haar op dat ze water hoorde plenzen.

'Wie gaat er nou na middernacht nog douchen?' Heath keek naar alle dichte deuren waar ze langskwamen alsof hij zich daarachter meisjes voorstelde die naakt sliepen. Hij zag er helemaal niet meer kwaad uit, eerder verzaligd.

'Niemand die je zou willen kennen.' Er scheen licht onder de deur van Douchemeisje, en Tinsley gooide hem open. Het was een klein kamertje dat misschien ooit een voorraadkast was geweest. Maar nu was het er zo netjes als in de cel van een monnik. Het bed stond op blokken, zeker een halve meter boven de houten vloer.

'Sexy,' fluisterde Heath terwijl hij zijn hand liet dwalen over de gladde sprei met het Superman-logo erop. Of was het Batman? Tinsley had de pest aan dat gedoe met superhelden, maar Heath zag eruit alsof hij zich erop wilde storten om eens lekker een wip te maken.

Tinsley sloeg zijn hand van het bed. 'Hou op met kwijlen over Catwoman en doe eens iets nuttigs. Heb je de fusten die verstopt moeten worden?' Ze tilde de rand van de deken op en keek onder het bed. Niks. Wauw, dit meisje had helemaal geen spullen. 'Er is plaats zat.'

'Catwoman?' vroeg Heath spottend terwijl hij zijn fustje neerzette en het onder het bed schoof. 'Ze heeft een vleermuis op haar tieten. Het is Batgirl!'

'Bedoel je net zoiets als Alicia Silverstone?' Julian kwam overeind nadat hij zijn fust onder het bed had geschoven.

Heath kreunde. 'Nee! Dat was een slap aftreksel van de echte Batgirl. Batgirl is geniaal, ze kan computers hacken, en ze beheerst allerlei vechttechnieken...'

Julian en Tinsley wisselden een blik uit. Toen pakte Tinsley Heath' hand en trok hem met zich mee naar de deur. 'Je weet dat ik je graag lyrisch hoor doen over stripfiguren en zo, maar dat meisje heeft waarschijnlijk haar haar gewassen en staat nu de conditioner uit te spoelen, dus kunnen we even bij de les blijven?'

'Oké.' Heath liep naar de deur en wierp nog even een verlangende blik achterom.

Julian keek geamuseerd. Het was Tinsley opgevallen dat hij altijd zo keek, alsof hij het leven één grote grap vond.

Terwijl ze door de gang slopen, viel er een baan maanlicht

op Julians gezicht. Tinsley vergat helemaal dat ze jaloers was omdat Heath fantaseerde over het meisje in de kamer naast de hare omdat hij graag op haar sprei wilde rollebollen.

Het enige waaraan ze dacht, was hoe ze Julian eens een keer serieus kon laten kijken. Ook al was hij maar een onderbouwer, toch ging ze ervoor zorgen dat hij verliefd op haar werd.

```
Owlnet e-mail inbox
```

Van:	JLWalsh@lockwoodwalshadvocaten. com
Aan:	EasyWalsh@waverly.edu
Datum:	donderdag 3 oktober, 8:12
Onderwerp:	Uit eten

E,

Heb je gebeld, maar je nam niet op. Ik kom het weekend. Ik zie je vrijdagavond om acht uur precies in Le Petit Coq. Ik heb gereserveerd voor drie personen. Neem Callie mee.

J.L.W.

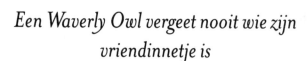

Een Waverly Owl vergeet nooit wie zijn vriendinnetje is

Donderdagochtend liep Easy Walsh over het gazon zonder echt te letten op de plassen die waren overgebleven na de regen van de vorige dag. Het was meer geluk dan wijsheid dat hij er niet met zijn bruin en beige Gola's in trapte. Zijn blik was strak gericht op het scherm van zijn Moleskin, die hij gebruikte om aantekeningen in te zetten tijdens de les van meneer Wilde.

Het probleem was dat hij liever tekende wat hij buiten het scherm zag: een dikke eekhoorn die in een verfrommeld pakje sigaretten probeerde te gluren, twee meisjes in haltertopjes die elkaar een frisbee toegooiden, Heath Ferro die *People* zat te lezen. Daardoor besteedde hij minder aandacht aan wat de leraar vertelde over de grondwet en de rechten van de mens. Easy klikte de schetsjes weg en kwam toen bij een scherm vol nauwelijks leesbare krabbels. Een kwartiertje om alles nog uit zijn hoofd te leren was niet genoeg. Voor dit tentamen haalde hij vast en zeker een onvoldoende.

Ook al wist Easy al twee maanden dat het tentamen eraan kwam, toch had hij er niet voor geleerd. Er waren zoveel andere, belangrijker dingen te doen. Hoe kon hij met zijn neus in de boeken zitten als buiten de bladeren verkleurden, en Credo de frisse herfstlucht opsnoof en hem bijna smeekte om een ritje te maken? In de winter zou het te koud zijn om te gaan schilderen op zijn geheime plekje in het bos. Hij moest er nú gebruik van maken. Hij begreep niets van mensen die hun hele leven dingen deden waarvan ze vonden dat die moesten gebeuren. Zulke mensen waren toch nooit gelukkig?

Hij klikte de notebook dicht en stak een Marlboro op. Het mailtje van zijn vader had hem meer geërgerd dan hij wilde toegeven. Hij had zijn vader nog niet verteld dat het uit was met Callie. Niet dat hij vertrouwelijk met zijn vader omging. Easy en zijn vader leken in niets op elkaar. Jefferson Linford Walsh had op het Waverly gezeten en was afgestudeerd aan Yale. Hij was nu lidmaat van een beroemd advocatenkantoor en vader van vier zoons. Drie van die zoons waren in de voetsporen van hun vader getreden, maar de jongste was een artistiekeling die niet eens de moeite nam om voor een belangrijk tentamen geschiedenis te leren.

Easy pakte zijn mobieltje en toetste het nummer in van zijn vader.

'J.L. Walsh,' klonk de basstem van zijn vader. Hij had een nog zwaarder accent van Kentucky dan Easy.

Easy blies een wolkje rook uit en keek ernaar terwijl het opsteeg naar de takken. 'Hoi, pa.'

'Volgens mij ben je aan het roken,' merkte zijn vader op. Hij zei niet: hoe gaat het met je? Goedemorgen! Fijn om je stem weer eens te horen, jong!

Easy tikte de as af. 'Ik vind het ook fijn om jou weer eens te horen.'

Meneer Walsh slaakte een zucht. 'Ik hoop dat je niet belt om onze eetafspraak op vrijdag te annuleren.'

Annuleren? Wat moest je met een vader die advocaat was? 'Nee, dat is allemaal prima.' Easy strekte zich uit op een picknicktafel. De zon had die doen opdrogen na de regen van de vorige dag, maar het voelde toch vochtig aan door zijn spijkerbroek en blazer heen. Nou ja, het was makkelijker om met J.L. Walsh te praten wanneer je lag. 'Maar het is uit met Callie. Ik ga nu zo'n beetje met...'

'Je houdt me toch niet voor de gek?' De stem van zijn vader schoot altijd omhoog wanneer hem iets niet zinde.

Easy verstarde, en het speet hem dat hij erover was begonnen. Zijn vader was nog luidkeels aan het razen en tieren toen het ineens tot Easy doordrong dat hij het tegen zijn secretaresse had.

'Nou, dan moet ze maar míjn gast zijn,' zei zijn vader, nu weer op normaal volume. Easy hoorde hem iets opschrijven. 'Ik mag die Callie graag.'

'Maar, pa...'

'Ik zie jullie daar om acht uur precies. Ik verheug me er al op. Was er nog iets?'

Was er nog iets? Easy wilde er liever geen ruzie over maken, want hoe meer Easy protesteerde, hoe erger zijn vader zijn poot stijf zou houden. Easy moest het maar laten zoals het was. Zijn vader mocht zoveel hij wilde erover zeuren dat Callie er niet bij was wanneer ze eenmaal aan de coq au vin zaten.

'Tot dan.' Easy klapte zijn mobieltje dicht en schoof het terug in de zak van zijn oversized Levi's. Daarna ging hij weer op zijn gemak op de picknicktafel liggen en sloot zijn ogen. Hij snoof de frisse herfstlucht diep op, en ondertussen dacht hij dat hij toch wel erg uitgekookt was.

'Kun je beter dingen voor een tentamen onthouden wanneer je vlak daarvoor een dutje doet?'

Een vrouwelijke stem onderbrak Easy's dromerijen. Hij richtte zich op zijn elleboog op en knipperde met zijn ogen.

Callie stond naast de tafel, gekleed in een wit vestje over een kort blauw jurkje met korte mouwen, en met een diepe v-hals die bij andere meisjes sletterig zou hebben gestaan, maar bij Callie niet. Callies borsten waren verdwenen sinds ze niet meer at. Ze stond wiebelend op haar zo te zien dure, puntige schoenen met naaldhakken. Door haar kortgeknipte haar zag ze er ineens veel leuker en jonger uit.

Weer knipperde hij met zijn ogen. Was ze hier om tegen hem van leer te trekken? Ze zaten in hetzelfde cluster voor geschiedenis, maar het was een groot cluster, en Callie zat altijd vooraan met de andere meisjes die meneer Wilde goed wilden kunnen bekijken (Wilde was de knapste leraar van school geweest totdat die druiloor van een Dalton was gekomen). Easy kwam altijd juist laat het lokaal in en vertrok zodra de les was afgelopen, vooral omdat hij tegenwoordig Callie probeerde te ontlopen. Het was op zo'n nare manier uitgeraakt dat hij haar zelfs na weken liever niet tegen het lijf liep, zowel uit zelfbescherming als om haar te beschermen. Het Waverly was maar klein en het was onmogelijk om iemand echt te ontlopen, maar hij deed wat hij kon. Callie had rust nodig, misschien kwam ze dan tot zichzelf en had ze niet meer zo de pest aan hem. Of misschien zou ze niet meer zo de pest aan Jenny hebben, want wie kon Jenny nou niet aardig vinden? Callie was eng als ze kwaad was.

Ooit, toen hij was vergeten dat het die dag een half jaar aan was, had ze zijn *On the Road* gepakt en daar elke vijfde bladzij uit gerukt. Maar nu stond ze daar voor hem, lachend.

Easy ging rechtop zitten en zette zijn voeten op het bankje. 'Nee, ik zak toch.'

'Als je net zo veel indruk op meneer Wilde wilt maken als ik, zou je het goed hebben geleerd.' Ze zwaaide met haar er duur uitziende, honingkleurige leren schoudertas.

'Weet je nou nog niet dat je niet moet vallen op sexy, jonge leraren?' Hij sloeg zijn ogen ten hemel.

'Meneer Wilde is getrouwd. En hij heeft twee dochtertjes,' wees Callie hem terecht. 'Bovendien is hij stokoud. Vijfendertig of zoiets.'

Easy moest lachen. Dat was prettig na het gespannen gesprekje met zijn vader. Het was ook prettig om Callie in een goede bui te zien, en dat ze niet zeurde dat ze hem met een ander meisje had zien flirten, of dat hij liever met de jongens met zijn Xbox bezig was dan haar te bellen en naar haar gebabbel te luisteren over wat ze nu weer bij Barney had gekocht. Ze leek een beetje... milder.

Misschien konden ze toch vrienden blijven. Het was echt rot om iemand zo goed te kennen en die dan plotseling nooit meer te spreken. Het was fijn om weer eens met haar te praten.

'Vijfendertig is niet oud.' Easy streek met zijn hand over zijn gezicht. 'Achtenveertig. Dat is oud voor mannen. Dan worden ze chagrijnig.'

'Watte?' Callie zag er in verwarring gebracht uit. 'Heb je het soms over je vader of zo?'

'Ja. Zoals altijd is hij even charmant.' Een weerspannige krul viel voor Easy's ogen, en hij streek die weg. 'Hij is het weekend hier, voor de vergadering van de Raad van Bestuur. Enne... hij heeft jou uitgenodigd om vrijdag mee uit eten te gaan,' voegde Easy er opeens aan toe.

'O, ja?' Ze klonk verbaasd, maar ook gevleid. 'Wist hij nog hoe ik heette?'

'Kennelijk heb je indruk op hem gemaakt. Zeker omdat je uit het zuiden komt.'

Callie kon heel charmant zijn als ze wilde. Toen Easy's ouders tijdens het Ouderweekend vorig jaar met haar hadden kennisgemaakt, waren ze helemaal weg geweest van haar warme accent uit Georgia, haar zelfverzekerde optreden, haar lange rossige haar en haar talent om sprankelend te converseren en ongemakkelijke stiltes te vullen. Easy wist dat ze eraan gewend was over koetjes en kalfjes te babbelen tijdens de stijve etentjes met politici die haar moeder gaf, en dat Callie daarop kickte. Terwijl zijn ouders zich helemaal op haar wierpen, hadden ze zich vast al een deftige bruiloft voorgesteld in het huis van de gouverneur. Kom op, zeg...

'Heb je...' Callie brak de zin af en beet op haar suikerspinroze lip. 'Ik bedoel, als het het een beetje makkelijker maakt, wil ik best mee.' In haar bruine ogen was voor de verandering geen berekenende blik te zien. 'Als je dat wilt.'

Ze was echt aardig. Easy zag al voor zich hoe het etentje zou verlopen als hij alleen met zijn vader zou zijn: allemaal vragen over elk vak dat hij volgde, vragen over welke cijfers hij haalde, hoe hij zich voorbereidde op het examen, wat hij wilde gaan studeren, vragen over De Toekomst. En toen stelde hij zich het etentje voor met Callie erbij, die zijn vader helemaal betoverde en naar zijn advocatenpraktijk vroeg, grappige anekdotes vertelde over de politieke campagne van haar moeder, en misschien zelfs J.L. Walsh aan het lachen maakte, zodat hij bijna op een mens zou lijken.

Het was een gemakkelijke keuze.

'Nou, eh... als je het niet erg vindt, dan zou het eh... geweldig zijn.'

Callie glimlachte. 'Leuk. Dan zie ik die oude J.L. weer eens.' Ze keek op het zilveren horloge dat bezet was met diamantjes. Toen knikte ze in de richting van Farnsworth Hall, dat als een geest achter hen oprees. 'We moeten naar binnen. Het tentamen begint zo meteen.'

Kreunend stond Easy op. Het tentamen. Hij pakte zijn vuile legergroene tas en hing die over zijn schouder. 'Geweldig.'

'Enne... maak je maar niet druk, ik vertel het niet aan Jenny.' Ze streek met haar vingers door haar schouderlange haar.

Easy dwong zichzelf om weg te kijken van haar elegante hals. Plotseling voelde hij zich ontzettend schuldig. Jenny. Shit. De hele tijd dat hij met Callie had gepraat, had hij niet één keer aan Jenny gedacht. Was het niet raar om met zijn vader en met zijn ex te gaan eten, in plaats van met zijn nieuwe vriendinnetje? Ja, dat was erg raar.

Maar toen probeerde hij zich die lieve, kleine Jenny voor te stellen aan tafel met zijn vader, terwijl ze haar best deed de vragen te beantwoorden die hij op haar afvuurde, de een na de ander, als een echte advocaat, totdat ze in tranen uitbarstte. Jenny wist niet wat een harde kerel zijn vader kon zijn. Ze zou goed voorbereid moeten worden voordat ze zoiets gruwelijks aankon als een etentje met hem.

Callie daarentegen kende zijn vader al en wist hoe ze met hem moest omgaan. Bovendien waren Callie en hij nu weer vrienden. Er was toch niks mis mee om een goede vriendin mee te nemen wanneer je met je vader uit eten ging? Toch?

Maar toen hij achter in het lokaal ging zitten, voelde hij zich rot, en hij dacht dat dat niet alleen aan het tentamen lag waarvoor hij geheid ging zakken.

Van:	TinsleyCarmichael@waverly.edu
Aan:	CallieVernon@waverly.edu;
	BennyCunningham@waverly.edu;
	VerenaArneval@waverly.edu;
	CelineColista@waverly.edu;
	SageFrancis@waverly.edu;
	AllisonQuentin@waverly.edu
Datum:	donderdag 3 oktober, 17:55
Onderwerp:	Trek je mooie schoenen aan

Dames,

Door een gunstige speling van het lot is er ons iets in de schoot geworpen, of beter gezegd: op ons dak. En daar moeten we gebruik van maken!

Vanavond bierfeest op het dak van Dumbarton, om acht uur. Pardee heeft een paar vriendinnen op bezoek. We zagen hen komen met een paar flessen goedkope rode wijn, en jullie weten allemaal wat dat betekent. Ik durf te zeggen dat ze wel buiten westen zal raken.

Zeg alsjeblieft tegen Emily Jenkins dat haar aanwezigheid op prijs wordt gesteld. Ik vind het tijd worden dat we eens nieuwe leden toelaten in ons Cafégenootschap.

xxx,

Tinsley

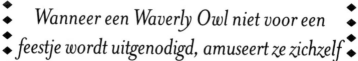

7

Wanneer een Waverly Owl niet voor een feestje wordt uitgenodigd, amuseert ze zichzelf

'Crazy Daizy of Maliblu?' vroeg Brett terwijl ze twee felgekleurde flesjes Pinkie Swear-nagellak ophield zodat Jenny een keuze kon maken. De twee meisjes lagen languit op de vloer van Dumbarton 303, met hun rug tegen het bed waarin vroeger Tinsley Carmichael had geslapen. Jenny's krakkemikkige veldbed stond weer in de kelder, en ze sliep nu in Bretts oude bed. Ze wilde liever niet slapen in het bed dat van Tinsley was geweest. Ze werden omringd door spulletjes die je nodig hebt om je nagels eens goed te verwennen: kommetjes warm zeepwater om de nagelriemen zacht te maken, wattenstaafjes, nagelvijlen, romige handcrème van Bliss, wattenschijfjes, flesjes heldere nagellak en remover. Het was net een nagelstudio.

Brett had voorgesteld om voor manicure te spelen, en Jenny had het een uitstekend idee gevonden. Blijkbaar was het iets wat Callie, Tinsley en Brett vaak hadden gedaan, en Jenny vond het fijn dat Brett haar nu al zo aardig vond dat ze een beetje de plaats van haar vriendinnen mocht innemen. Maar Jenny dacht ook dat hun manicureavondjes vast niet zo rustig waren geweest als deze avond. Van wat Jenny van de drie meisjes had gezien, waren er altijd onderhuidse spanningen en beschouwden ze elkaar als concurrenten. Het leek wel of ze allemaal wanhopig hun best deden nog cooler te zijn dan de anderen. Zelfs Brett deed graag mee aan het Tinsley en Callie de loef afsteken.

'Eh, Maliblu is een beetje te funky voor mij.' Jenny trok haar neus op voor het glanzende blauwe flesje. 'Volgens mij passen blauwe nagels niet bij me.' Haar tenen staken uit zo'n ongemakkelijk zittend ding om ze uit elkaar te houden, en ze waren kersenrood gelakt. Vanessa Abrams, het schoolvriendinnetje van haar broer Dan dat nu woonde in Jenny's kamer bij haar vader thuis in het appartement aan West End Avenue, was het soort meisje dat haar nagels wel donkerblauw kon lakken. Met haar kaalgeschoren hoofd en haar zwarte outfits zou het er bijna natuurlijk uitzien. Maar Vanessa lakte haar teennagels nooit.

'Ik dacht dat kunstenaars altijd gedurfde dingen deden,' zei Brett plagerig. Ze drukte Jenny het flesje in de hand, en ze paste goed op de nog niet droge onderlaag te beschadigen.

Jenny bekeek het flesje. Soms was ze inderdaad nogal saai. Waarom probeerde ze niet eens iets nieuws? 'Denk je dat het licht geeft in het donker?'

'Dat moet je Easy dan maar eens laten bekijken.' Brett had haar teennagels al blauw gelakt, en ze wriemelde er tevreden mee.

'Morgen gaan we uit eten,' zei Jenny terwijl ze het kwastje tegen haar duimnagel zette en de lak zich over de nagel zag verspreiden. Het was niet echt Manic Panic, meer als bosbessengelei. Best mooi. 'Dat lijkt me leuk. Ik vind dat ik hem de laatste tijd maar weinig heb gezien.'

'Wat wil je dan allemaal van Easy zien?' vroeg Brett ondeugend. Ze schudde haar knalrode haar uit haar gezicht, omdat ze haar handen daar niet voor wilde gebruiken.

Net op dat moment vloog de deur open en kwam Callie binnen. Ze had een schitterende lichtblauwe jurk van Michael Kors aan, en Jimmy Choo-slingbacks die waarschijnlijk nog niet eens in *Vogue* hadden gestaan.

Jenny en Brett wisselden een blik uit, maar Callie deed alsof ze niet had gehoord dat de naam van haar ex-vriendje was gevallen. Tot Jenny's schrik keek ze haar zelfs aan. Niet met een lach, maar Callie keek ook niet door haar heen, zoals ze de afgelopen weken had gedaan, sinds ze het wist van Easy en Jenny. Misschien ontdooide ze een beetje?

'Hoi, Cal,' zei Brett. Ze keek naar Callie die over hun benen stapte en naar haar kast liep. 'Leuke jurk, en geweldige schoenen. Nieuw?'

Callie zwaaide de kastdeur open en bleef diep in gedachten verzonken staan, net alsof ze Brett niet had gehoord. 'Hè?' zei ze even later, terwijl ze in een vloeiende beweging de jurk uittrok en die in Tinsleys kast mikte. Die had ze overgenomen nadat Tinsleys spullen naar de kamer beneden waren verhuisd. 'O, eh, ja. Nieuw.'

Brett en Jenny wisselden een blik. Jenny zette grote ogen op en fluisterde heel zacht: 'Allemaal nieuw.'

Brett knikte bezorgd. Callie stond erom bekend dat ze veel te veel geld uitgaf wanneer ze depri was. Toen ze vorig jaar gezakt was voor een tentamen scheikunde, was ze met haar Visa Platiunum Card naar Saks.com gesurft en had ze oneindig veel spullen besteld.

Jenny zag Brett naar de stapel schoenendozen kijken. Je kon er een kartonnen dorp van bouwen. Als Jenny's anarchistische vader dat had gezien, zou hij hoofdschuddend iets hebben gemompeld over de consumptiemaatschappij. Maar Jenny vond het wel iets hebben om op zo'n extravagante manier van een depressieve bui af te komen.

Jenny leunde tegen het bed en keek naar Callie die voor de kast stond. Haar schonkige schouderbladen staken nog erger uit dan anders. Kennelijk was Callie niet iemand die zich volpropte wanneer ze even niet lekker in haar vel zat.

Callie haalde een paars jurkje uit de kast, waar de labels van Jill Stuart nog aan hingen. 'Doe jij de rits even voor me, Brett?' vroeg ze afwezig. Ze keek achterom, en haar rossige haar zwierde langs haar schouder. Ze wierp een flauw glimlachje in Jenny's richting terwijl Brett de rits dichtmaakte.

'Wacht, de labels zitten er nog aan.' Brett bukte en pakte het nagelschaartje van de grond. 'Leuke jurk. Waar ga je naartoe?'

Toen Callie een rondje draaide, fonkelde het zilverdraad in het licht. 'O...' Ze bekeek zichzelf in de grote spiegel naast haar overvolle kast, en trok toen haar neus een beetje op, maar absoluut niet omdat ze zich schuldig voelde. 'Sorry. Uitsluitend voor geheime genootschappen.'

Oké, dacht Brett. De vriendschappelijke gevoelens voor Callie verdwenen als sneeuw voor de zon. Als Callie aldoor maar slaafs achter Tinsley wilde aanlopen, moest ze dat maar doen. En ze kon haar dure jurkjes ook wel zelf dichtritsen.

Brett ging weer bij Jenny op de grond zitten en probeerde niet te laten merken dat ze zich ergerde. Ze geeuwde. 'Veel plezier.' Ze deed haar best om ongeïnteresseerd over te komen, alsof ze het over de les Latijn hadden en niet over een feest.

Wacht eens... Hoorde ze mensen over het dak lopen?

'Ik zou wel willen vragen of je ook kwam,' zei Callie terwijl ze twee witgouden oorhangertjes uit haar satijnen juwelenkistje pakte. Het klonk zo liefjes dat zelfs de grootste sukkel haar zou kunnen doorzien. 'Maar...' Haar stem stierf weg.

'Lief van je.' Brett draaide het flesje Crazy Daizy open en haalde diep adem. Ze ging zich niet door Callie van streek laten maken en ook nog eens haar nagels verpesten. Jenny deed alsof ze verdiept was in het lakken van haar teennagels, maar Brett wist dat ze eigenlijk haar best deed om haar lachen in te houden. 'We hebben het toch druk.'

Callie keek niet op of om terwijl ze met haar eyeliner van Dior in de kleur Precious Violet in de weer was. 'Ja hoor. Nagels lakken. Gaan jullie maar helemaal uit jullie bol.' Ze knipperde met haar ogen, keek in de spiegel en stak het borsteltje vervolgens hardhandig in de huls.

Brett kneep haar groene ogen tot spleetjes, maar ze bleef opgewekt doorpraten, ook toen er een klodder perzikkleurige nagellak van het kwastje droop en op haar knie belandde. 'Och, het is natuurlijk ook geen schootdans op Heath Ferro of zoiets,' zei ze luchtig. Ze doelde op het laatste feest van het genootschap. 'Maar ík heb morgen prachtnagels.'

'Ja hoor. Amuseren jullie je maar.' Toen Callie de deur opende, hoorden ze muziek. 'Tot straks.' Haar stem trilde toen ze de deur achter zich dichtsloeg.

'Nou, dat ging geweldig,' zei Jenny giechelend. 'Ik bedoel, ze keek me aan!'

Brett was een beetje nerveus geworden. 'Ik weet het niet, hoor. Ik hoop maar dat ze niet iemand probeert te zijn die ze niet is, als je begrijpt wat ik bedoel.'

Callie leek ineens meer op Tinsley dan Tinsley zelf, en het was een beangstigende gedachte om twee Tinsleys op school te hebben.

Owlnet instant message inbox

YvonneStidder: Wat gebeurt er op het dak? Ik moet oefenen voor een concert. Ik kan mijn eigen saxofoon niet eens horen.

KaraWhalen: Het is Tinsley met haar vriendinnen. Een bierfeest, geloof ik.

YvonneStidder: Bier op het dak? Cool! Ik doe mee!

KaraWhalen: Succes. Het is alleen voor bitches.

YvonneStidder: Zeg, wij wonen hier ook, hoor.

KaraWhalen: O ja? Weet je dat wel zeker?

Owlnet instant message inbox

SageFrancis: Kom meteen naar het dak, jij bofkont.

EmilyJenkins: Dat werd verdomme tijd! Wat moet ik aan?? Mijn Marc Jacobs?

SageFrancis: Doet er niet toe. Vergeet alleen niet Tinsleys hielen te likken.

EmilyJenkins: Zijn er ook jongens?

SageFrancis: Eh… nee. Ook Parker DuBois niet. Trouwens, hij ziet je toch niet zitten.

EmilyJenkins: Doet er niet toe. Ik kom eraan!!!

8

Een Waverly Owl strijkt niet neer op het dak van een schoolgebouw

Het was een zwoele donderdagavond, en zodra de zon achter de einder was verdwenen, kwam het feest op het dak tot leven. Tinsley had de hele dag een oogje op het fust op het dak gehouden; ze was gaan kijken of het wel in de schaduw stond, en ze had het ijs in de koeler vervangen toen het was gesmolten.

Ze stond op het dak in haar goudkleurige metallic laarzen van Giuseppe Zanotti en een zijden, roomkleurige Gold Hawk-rok met een gehaakte zoom. Daarop droeg ze een eenvoudig wit T-shirt. De wind liet haar rok om haar dijen opbollen, en ze voelde zich vreemd vredig. En dat betekende dat ze zich verveelde. Het dak van Dumbarton, waar niemand mocht komen, was eigenlijk ontzettend saai. Door de hoge bakstenen muur eromheen konden de meisjes alleen maar de boomtoppen zien. De felle kleuren van de bladeren waren geweldig toen ze langzaam versmolten met de schemering. Geweldig saai.

Tinsley leunde achterover in een plastic tuinstoel, een van de zes die Sage en Celine uit de kelder hadden gejat, en nam een slokje koud bier. Alle meisjes van het Cafégenootschap waren er, en ze was al bijna vergeten dat die kleine Jenny Humphrey en die bitch van een Brett er ooit ook hadden bij gehoord. Bijna. Tinsley ergerde zich eraan dat het Brett Messerschmidt zo weinig leek te schelen dat ze eruit was geknikkerd. Ze had verwacht dat iedereen Brett met de nek zou aankijken zodra het bekend werd dat ze ruzie met Tinsley

Carmichael had. Maar zo was het niet gegaan. Wanneer Tinsley niet in de buurt was, leek Brett zich prima te vermaken met de andere meisjes. Alsof er niets was gebeurd. Tinsley wachtte er nog steeds op dat Brett zich ter aarde zou storten, de neuzen van haar laarzen zou kussen en haar zou smeken haar weer in genade aan te nemen. Maar het leek Brett allemaal niets te kunnen schelen.

Misschien kwam het doordat het weer aan was tussen Brett en Jeremiah. Het vriendinnetje van de quarterback was natuurlijk altijd populair, zolang het aan was.

De metalen deuren naar het dak vlogen met veel lawaai open, en daardoor werd Tinsley uit haar gedachten gerukt. Het was Callie, met alweer een schitterende nieuwe creatie aan. 'Daar beneden heerst onrust,' zei ze tegen Tinsley terwijl ze voorzichtig over een betonblok stapte. 'Ze willen onuitgenodigd op ons feest komen. Nou ja, Jenny en Brett niet,' zei ze er verbitterd achteraan. Ze trok een pruillip. 'Ze zitten in mijn kamer elkaars nagels te lakken.'

Tinsley streek haar roomkleurige rok glad en nam een haal van haar sigaret. Ze keek om zich heen. Alison Quentin en Verena Arneval dansten op de muziek van Tinsleys iPod. Benny Cunningham en Celine Colista stonden bij het fust en probeerden een nieuw drinkspelletje te verzinnen, iets wat ze nog niet duizend keer hadden gedaan. Sage Francis stond met Emily Jenkins te praten, het nieuwste lid van het genootschap. Tinsley had daar spijt van gekregen zodra Emily op het dak was verschenen in een soort baljurk die eruitzag alsof hij in 1991 bij Macy's was gekocht.

Tinsley zuchtte eens diep. Ze wilde het eigenlijk niet toegeven, maar dit feest was duf. Ze verveelde zich dood. Echt helemaal dood. 'Verdomme nog aan toe.' Ze stond op. 'Dan nodigen we ze maar allemaal uit.'

Callies roze mond viel open. 'Meen je dat nou?'

'Waarom niet?' Nonchalant liep Tinsley naar de deur, en onderweg dronk ze haar bier op.

'Omdat... Yvonne, het meisje dat gek is op Engelse bandjes, en dat meisje met dat piekhaar, die een foto van Jewel op haar deur heeft, en...'

Tinsley bleef staan en wreef even over Callies wang. 'Wat ben je toch een snob, schat.' Haar viooltjesblauwe ogen fonkelden van pret. Dit kon nog interessant worden. 'Er is bier genoeg voor iedereen.'

'Als jij het zegt...' Callie trok een gezicht.

Tinsley voelde zich onvoorspelbaar en edelmoedig, en dat had ze nooit van zichzelf gedacht. Ze trok de piepende metalen deur open. Een paar meisjes deinsden achteruit, maar een paar bleven staan. De eeuwige optimisten. Nou, deze keer boften ze.

'Dag, meisjes.' Tinsley liet haar blik over de vagelijk bekende meisjes dwalen. Ze had ze in de klas gezien, in de kantine of misschien zelfs in de badkamer wanneer ze hun tanden poetsten aan de wastafel naast de hare. Deze meisjes kende ze niet echt en ze wilde hen ook niet bepaald leren kennen. Ze herkende Yvonne, het meisje van het schoolorkest. Yvonne zat in Tinsleys cluster Italiaans. Met haar vogelachtige lijfje en lange blonde haar zou ze er leuk kunnen uitzien als ze niet zulke suffe kleren droeg.

Edelmoedig lachte Tinsley hen toe met haar rode, met gloss bewerkte lippen. 'Willen jullie op het feest komen? Het is er een mooie avond voor.'

'Echt?' piepte Yvonne. 'Mag dat?'

Jezus, dacht Tinsley, moest ze hen soms smeken om mee te doen? 'Tuurlijk,' zei ze afgemeten. 'Kom maar. Nodig iedereen maar uit. Het wordt een soort kennismakingsfeest voor iedereen van Dumbarton.' Ineens schoot haar te binnen dat Callie had gezegd dat Brett en Jenny gezellig elkaars nagels zaten te lakken. Vroeger was dat iets wat ze met zijn drieën deden, in de goede, oude tijd. Toen ze nog met elkaar spraken. Die verraders mochten niet op het feest komen, of het nu voor iedereen van Dumbarton was of niet. 'Ik ga het wel even rondbazuinen op de derde verdieping.'

Yvonne en een stel van haar suffe vriendinnen renden naar beneden om het goede nieuws aan de andere meisjes te vertellen.

Met een glimlach liep Tinsley door de gang van de derde verdieping, maar langs kamer 303. Toch kon ze de verleiding niet weerstaan om even aan de deur te luisteren, voor het geval er iets over haar werd gezegd. Helaas hoorde ze alleen het gezoem van een föhn. Erg teleurstellend.

Een uur later waren er ongeveer vijfentwintig meisjes op het dak. Ze zaten in tuinstoelen en babbelden opgewonden met elkaar. Hoe meer ze dronken, hoe zachter de muziek leek te staan. Daarom werd het volume van het iPod dockingstation steeds een beetje harder gezet. Maar iedereen was zo bezig met het fust leeg te drinken en te dansen om de schacht van de airconditioning heen, dat het niemand opviel. De sterren twinkelden aan de hemel, en Tinsley lag naast Callie op de kussens van een van de tuinstoelen.

'Geef maar toe dat het een goed idee was,' zei Tinsley dromerig. Hoewel het misschien een leuker feest zou zijn geweest als er ook jongens bij waren. Vooral een lange, sexy onderbouwer met door de zon gebleekt blond haar dat bijna tot aan zijn kin kwam. Er verscheen een ondeugend lachje op Tinsleys gezicht, alleen maar door aan Julian te dénken.

Callie deed haar mond open om een spottende opmerking te maken, maar wat ze ook had willen zeggen, ze werd onderbroken door een plotselinge kreet van beneden, bij de voordeur van Dumbarton.

'Halt! Wie is daarboven?'

De meisjes hielden op met dansen en bleven doodstil staan. 'Blijf daar! We komen naar boven!'

Alsof er brand was uitgebroken of de uitverkoop bij Neiman Marcus was begonnen, rukten de meisjes de deur open en stormden de trap af. Ze wilden allemaal veilig op hun kamer zijn voordat Marymount of mevrouw Pardee – of wie het ook was die had geroepen – op het dak kon komen.

Opgetogen pakte Tinsley haar iPod-installatie en deed mee aan de dolle afdaling. Ze dacht pas aan het bijna lege fust toen het al te laat was om dat nog te gaan halen.

Owlnet instant message inbox

EmilyJenkins: Was dat echt Marymount? Zijn we erbij?

CelineColista: Nou en of.

EmilyJenkins: Mijn eerste feest van het genootschap en Tinsley laat alle losers ook meefeesten. Waarom deed ze dat?

CelineColista: Eh... drie uur geleden was jij ook nog zo'n loser.

EmilyJenkins: Herinner me daar alsjeblieft niet aan.

Owlnet instant message inbox

YvonneStidder: Ik wilde je even waarschuwen. Marymount en Pardee gaan alle deuren langs op de eerste verdieping. Ze vroegen waarom Brett en jij niet op jullie kamer waren. Ik zei dat je boven was, bij Callie. Dan weet je dat.

TinsleyCarmichael: Hebben ze nog vragen over het feest gesteld?

YvonneStidder: Niet echt. Pardee ziet er vreselijk uit. Ik denk dat Marymount onuitgenodigd op haar meidenfeestje is verschenen.

TinsleyCarmichael: Interessant...

Aan:	De bewoners van Dumbarton
Van:	RectorMarymount@waverly.edu
Datum:	donderdag 3 oktober, 22:16
Onderwerp:	Disciplinaire commissie

Bewoners van Dumbarton,

Tot mijn grote teleurstelling ben ik genoopt jullie ervan in kennis te stellen dat nadat een docent lawaai in Dumbarton had gerapporteerd, ik een fust bier op het dak heb aangetroffen. Alle bewoners van Dumbarton moeten zich morgen om 10 uur 's ochtends melden bij de disciplinaire commissie in vergaderruimte 3 op de eerste verdieping van Stansfield Hall.

Jullie aanwezigheid is verplicht.

Rector Marymount

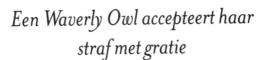

9

Een Waverly Owl accepteert haar straf met gratie

Brett vond het vervelend dat ze op het laatste moment hoorde dat de disciplinaire commissie bij elkaar zou komen, maar ze vond het wel prettig om niet naar de ongelooflijke saaie scheikundeles van meneer Frye te hoeven. Om kwart voor tien, toen de andere leerlingen hun plastic bril voorzetten waarvan je zo ging zweten, en hun schort voordeden waar chemicaliën geen gaten in konden branden, pakten Brett, Benny en Celine hun tas. Meneer Frye knikte afwezig, zijn handen al vol rinkelende glazen reageerbuisjes.

'Stom, hoor,' mopperde Celine toen de tweede deur van het lab achter hen dichtviel. 'Maar in elk geval hoeven we nu die brillen niet op.' Haar haar hing voor haar ogen en ze raakte even haar gave olijfkleurige huid aan. 'Aan die dingen houd je wel een uurlang een moet in je voorhoofd over.'

'Vandaag was het mijn beurt om met Lon Baruzza samen te werken,' klaagde Benny. 'Daar heb ik heel lang op moeten wachten.' Ze greep een pluk van haar steile donkerblonde haar en gaf er een ruk aan.

'Hij heeft inderdaad een leuk kontje.' Celine duwde de voordeur van het gebouw open en de drie meisjes trippelden de stoep af en zetten koers naar Stansfield Hall. 'Maar je kunt ook buiten het scheikundelab in de buurt van zijn kontje komen,' zei ze zonder te giechelen.

Brett keek geërgerd. Ze was met heel andere dingen bezig.

Zo te horen was iedereen van Dumbarton de afgelopen avond op het dak geweest. Niet dat Brett er ook bij had willen zijn, maar het zou prettig zijn geweest als ze was gevraagd. Nou ja, in elk geval hoefde zíj niets te vrezen. Terwijl Benny en Celine er op los babbelden, keek Brett ernstig voor zich uit. Ze wist dat ze er heel onschuldig uitzag in haar Nanette Lepore-baby-dolljurkje, zwarte legging en zachtgrijze ballerina's van Sigerson Morrison. Ze glimlachte. Zelfs haar nagels zagen er mooi uit.

In de vergaderruimte van Stansfield Hall liep Brett naar de enorme tafel, met Benny en Celine achter zich aan. Rijen meisjes zaten op ongemakkelijke stoeltjes naar hen te kijken, hun knieën zedig tegen elkaar, hun bordeauxrode blazers keurig dichtgeknoopt. Het was vreemd om zo veel mensen voor de commissie te zien verschijnen. Meestal waren het er twee of drie die iets hadden uitgevreten, hoewel het hele Toneelgezelschap een keer op het matje was geroepen omdat ze *Our Town* hadden opgevoerd, enkel gehuld in vershoudfolie.

Rector Marymount kwam het vertrek in met een das om waarop de zonnebloemen van Van Gogh stonden afgebeeld. Onmiddellijk bleef hij stokstijf staan toen hij Brett en de andere meisjes van de disciplinaire commissie aan de tafel zag zitten. 'Meisjes.' Hij maakte een geërgerd gebaar. 'Gaan jullie alsjeblieft bij de anderen zitten.' Hij keek hen vernietigend aan, alsof ze beter hadden moeten weten.

Bretts mond viel open, en ze keek naar Benny, die er al even verbaasd uitzag. 'Meneer Marymount,' zei Brett, 'we... ik...'

Het schoolhoofd viel haar in de rede. 'Jullie wonen toch in Dumbarton?' Hij wachtte niet op antwoord en ging aan de tafel zitten, waar hij iets zocht in de papieren die hij bij zich had.

Ook goed. Met wangen zo rood als haar haar stond Brett beledigd op en liep naar Jenny, die op de voorste rij zat. Ze plofte neer op de lege stoel naast haar. 'We zijn niet eens op dat stomme feest geweest,' mopperde ze zachtjes.

Jenny wreef even over Bretts arm. 'Het komt wel goed. Wat kunnen ze ons nou maken? Ons van school trappen omdat we onze nagels op onze kamer hebben gelakt?'

'Wacht maar,' reageerde Brett onheilspellend.

Jenny keek haar een beetje bezorgd aan met haar chocoladebruine ogen. Er kwamen nog meer meisjes binnen. Brett vond het maar raar om aan deze kant van de tafel te zitten. De meisjes beten op hun keurig gelakte nagels en tikten met hun zolen op de glanzend gewreven houten vloer, en ze fluisterden net iets te hard met elkaar. 'Stomkop,' hoorde Jenny iemand zeggen.

Ryan Reynolds en de andere leden van de disciplinaire commissie die niet in Dumbarton woonden, hadden plaatsgenomen aan de tafel. De kleine mevrouw Rose, de lerares Engels, was er ook bij omdat ze de plaats had ingenomen van meneer Dalton, die was ontslagen. Ze droeg een zwart coltruitje onder haar petieterige bordeauxrode blazer en had haar haar in een paardenstaart gedaan. Zo kon ze best voor een onderbouwer doorgaan.

'Nou, laten we dan maar beginnen.' Marymount zag er vermoeid uit, en door het stalen montuur van zijn bril leken zijn blauwe ogen nog kleiner dan anders. Hij zocht nog steeds naar iets in zijn papieren. Brett vermoedde dat die niets met het bierfeest van de vorige avond te maken hadden. Hij vond het gewoon prettig om iets in zijn handen te hebben. 'Meneer Wilde, u was de eerste die merkte dat er iets aan de hand was toen u gisteravond langs Dumbarton liep, is het niet?'

'Dat klopt.' De zachtmoedige meneer Wilde zag er slecht op zijn gemak uit in zijn rol als rechter. Hij was zo'n leraar die het echt iets uitmaakte of hij aardig werd gevonden door zijn leerlingen. De muren van zijn werkkamer hingen vol posters van albums; niet alleen van artiesten van zijn eigen generatie, maar ook van groepen die zijn leerlingen goed kenden: OutKast, Coldplay, Interpol. Zo te zien vond hij het hoogst vervelend om hier te moeten zijn, en het zijn leerlingen lastig te maken. Hij trok zijn blazer goed. 'Ik was onderweg van de bibliotheek naar huis, en toen hoorde ik eh... harde muziek. Ik dacht dat ik mensen op het dak zag dansen.'

Marymount tikte met zijn zilveren pen op het mahoniehouten tafelblad. 'En wat deed u toen?' vroeg hij.

'Ik belde de beveiliging,' antwoordde Wilde verontschuldigend. 'En toen riep ik naar de meisjes boven dat ze moesten blijven waar ze waren. Tegen de tijd dat ik op de deur van mevrouw Pardee klopte...' Hij zweeg even en bloosde diep.

Er stegen giechelende geluidjes op, want alle meisjes wisten dat Pardee een paar vriendinnen op bezoek had gehad voor een met wijn overgoten pyjamafeestje.

'En toen gingen we samen naar het dak, maar de meisjes waren toen al naar hun kamer gevlucht.'

Marymount schraapte zijn keel. 'Dus het is niet helemaal duidelijk hoeveel meisjes er op het dak waren. Of wie het waren.'

'Dat klopt,' bevestigde Wilde. 'Maar ze hadden wel een bijna leeg fust laten staan. En een hele berg plastic bekertjes.' Hij nam een slokje koffie.

'Waren er veel bekertjes?'

Brett schopte tegen Jenny's voet. Wat maakte dat nou uit?

'Een hele vuilniszak vol.'

'Dank u.' Voor de eerste keer liet Marymount zijn blik over de meisjes dwalen. 'Meisjes, jullie weten allemaal dat het consumeren van alcoholische dranken niet is toegestaan.' Brett zag dat hij probeerde de meisjes beurtelings streng aan te kijken, maar halverwege gaf hij het op en keek maar naar het tafelblad. 'Dit incident komt bijzonder ongelegen omdat we ons voorbereiden op het bezoek van de raad van bestuur. We hebben dus geen tijd om steeds op jullie te letten.' Hij zuchtte. Het was Brett opgevallen dat hij dat vaak deed tijdens bijeenkomsten van de disciplinaire commissie, waarschijnlijk om de indruk te wekken dat hij het vooral vervelend vond dat hij nu eenmaal het schoolhoofd was. 'Omdat niet duidelijk is wie de schuldigen zijn, zullen we helaas straf moeten uitdelen aan jullie allemaal.'

'Nee, dat kan niet,' fluisterde Brett geschrokken voor zich uit.

Iedereen begon te fluisteren, en Marymount moest zijn stem verheffen om boven het rumoer uit te komen. 'Morgen hebben jullie allemaal huisarrest, vanaf het avondeten tot maandagmorgen. Jullie moeten allemaal in Dumbarton blijven. De maaltijden zullen naar jullie toe worden gebracht, en meisjes die toch buiten worden betrapt, wacht een strenge straf.'

Een strenge straf? Was het al niet erg genoeg dat ze niet naar Jeremiahs wedstrijd kon? En niet met zijn ouders uit eten gaan, en ook niet naar het feest om alle meisjes van het St. Lucius te laten zien dat Jeremiah niet meer beschikbaar was? En ze wilde nog wel voor de eerste keer naar bed met Jeremiah!

'Dat is niet eerlijk!' riep Brett uit, maar haar stem ging verloren in het gemopper en de ontstelde kreten van de andere meisjes.

Marymount schraapte zijn keel en roffelde met zijn knokkels op tafel. Kwam er soms nog meer? 'Ik weet dat sommigen van jullie niet op het feest waren, en diegenen vinden dit vast een onterechte straf.' Er klonk instemmend gemompel, maar Marymount ging snel verder. 'Maar wéten dat de regels worden overtreden en geen stappen ondernemen om daar iets aan te doen, beschouwt de schoolleiding ook als een overtreding.' Hij keek Brett recht in het gezicht toen hij dat zei, en ze bloosde van woede. Meende hij nou echt dat het je medeleerlingen niet verklikken omdat ze een feestje hadden, net zo erg was als een fust het huis in smokkelen en je bezatten? Hoe kwam hij erbij?

Voor de eerste keer nam mevrouw Rose het woord. Haar zachte stem klonk verassend streng. 'De commissie heeft besloten dat de meisjes van Dumbarton niet alleen huisarrest krijgen, maar ook dat ze maandag een opstel moeten inleveren waarin ze vertellen wat ze geleerd hebben over het een Owl zijn met verantwoordelijkheidsgevoel.'

Ryan Reynolds, die met een aanbiddende blik naar mevrouw Rose had gekeken terwijl Marymount aan het woord was geweest, probeerde nu niet te grijnzen. Kennelijk vond hij het allemaal erg amusant. Over de vaas witte chrysanten op tafel heen ontmoette hij Bretts blik, en hij knipoogde naar haar. Tijdens bijeenkomsten probeerde hij altijd met haar te flirten, en waarschijnlijk vond hij het heel opwindend dat de klassenprefect ineens bij de delinquenten hoorde. Maar Brett was te kwaad om zich ook maar iets van Ryan aan te trekken. Dit was echt belachelijk. Niet alleen was haar weekend verpest, maar ze moest ook nog eens een stom opstel schrijven over hoe het is om een Owl met verantwoordelijkheidsgevoel te zijn. Ze peinsde er niet over.

'Ik wil niet dat zoiets nog eens gebeurt.' Marymount stond op.

Brett had hem nog nooit zo kwaad gezien. Het leek wel of hij hen niet meer wilde aankijken. Ineens schaamde ze zich. Rector Marymount was uiteraard een sufkop, maar ze wilde wel hoog in zijn achting staan. En nu leek het alsof hij haar geen haartje beter vond dan alle anderen, en dat terwijl ze helemaal niets had gedaan...

'Jullie kunnen nu wel terug naar jullie lokaal.'

Een Owl met verantwoordelijkheidsgevoel, dacht Brett. Een Owl met verantwoordelijkheidsgevoel zet Tinsley Carmichael eens flink te kakken.

Owlnet instant message inbox

CallieVernon: Dit is echt rot.

TinsleyCarmichael: Je laat je toch zeker niet kisten? Heath had zes fusten. En ze hebben er maar eentje gevonden, die op het dak. En die was bijna leeg.

CallieVernon: Meen je dat nou? Waar zijn die andere dan?

TinsleyCarmichael: Onder het bed van het suffe meisje in de kamer naast de mijne. Die komen dit weekend vast nog van pas.

CallieVernon: Maar zitten we niet al genoeg in de shit?

TinsleyCarmichael: Een Owl met verantwoordelijkheidsgevoel laat zo'n buitenkans niet aan zich voorbijgaan!

10

Een goede Owl let altijd op de nagels van zijn vriendinnetje, ook al is hij er met zijn hoofd niet bij

Vrijdag was een kille, grauwe dag, alsof Marymount het weer had bevolen de meisjes van Dumbarton nog eens extra te straffen. Alsof het al niet erg genoeg was om het hele weekend te moeten binnenblijven. Bovendien was het niet eerlijk.

'Die stomme Marymount ook,' mopperde Alison Quentin terwijl ze met Jenny na de lunch naar het tekenlokaal liep.

Hun op een na laatste maaltijd als vrije meiden, dacht Jenny. Het weekend leek op een doodvonnis dat boven haar hoofd hing. Het was maar één weekend, maar toch... Ze had ernaar uitgekeken om dingen met Easy te doen, en om niet op haar kamer te hoeven zitten. En nu leek het erop dat Callie en zij elkaar achtenveertig uur moesten zien te verdragen.

'Ik vind het niet eerlijk dat iedereen zomaar straf krijgt,' ging Alison verder. 'Marymount lijkt wel een dictator.'

Jenny hield een sarcastische opmerking binnen. Alison was nog steeds lid van het Cafégenootschap en welkom bij elk evenement dat Tinsley maar kon verzinnen. Natuurlijk was Alison ook op het bierfeest geweest. Jenny en Brett niet. Maar toch was het een erg strenge straf, en dat alleen maar omdat de raad van bestuur de school zou bezoeken.

'Hoe kwam dat fust daar?' vroeg Jenny.

'Kweenie.' Alison bleef even staan om een vergeeld eikenblad van haar roodleren mocassin te plukken. 'Maar ik heb gehoord dat Heath Ferro van plan was dit weekend een knal-feest te geven.'

'Een feest zonder ons?' Iedereen wist dat de bewoners van Dumbarton de meest sexy meisjes van de hele school waren. Of tenminste, ze deden alsof ze dat waren. Niet dat Jenny daarmee zat of zo. Het was wel prettig om jezelf als sexy te beschouwen zonder te denken aan je korte benen, kroezend haar, tieten die te groot waren voor de rest van je lijf, een klein buikje en dat soort dingen.

'Ja, dat vraag ik me ook af.' Alison slaakte een diepe zucht. Ze sloegen een hoek om en zagen het gebouw opdoemen waar-in het tekenlokaal zich bevond. 'Hé, er zit iemand op je te wachten.' Ze gaf Jenny een por in haar ribben, op een kietelig plekje. Jenny sprong opzij. Ze kon niet tegen kietelen.

Easy zat bij de ingang tegen een van de pilaren aan. Op de pilaren stond geen kapiteel, ze droegen helemaal niets. Toen Jenny en haar vader werden rondgeleid over het schoolterrein, had hun gids verteld dat het 'ironische' zuilen waren. Rufus, die gek op moppen was, had zo hard moeten lachen dat Jenny bang was dat er een adertje zou knappen.

Easy zat met een geopend schetsboek op zijn schoot. Hij keek op en lachte naar de meisjes.

'Jezus,' zei Alison zachtjes. 'Jij boft verdomme maar.'

Daar kon Jenny het alleen maar mee eens zijn. Ze was zich bewust van Easy's blik. Ze droeg een nauwsluitende coltrui van American Apparel, een gerend spijkerrokje (een oud Gap-modelletje) met een split in het midden, en hoge suède laar-zen van Camper. Niets opwindends, maar één waarderende blik van Easy en ze voelde zich als Assepoester in haar baljurk.

'Heb je het al gehoord?' vroeg Alison aan Easy toen de meis-jes bij de onderste tree waren aangekomen, ook al had Easy alleen oog voor Jenny. 'We hebben allemaal huisarrest. Een heel weekend lang.'

Easy rukte zijn blik los van Jenny en keek Alison aan. Toen Jenny naast hem ging zitten sloeg hij nonchalant zijn arm om haar heen. 'Ja, ik heb zoiets gehoord. Het is dus echt waar?' Hij trok Jenny even tegen zich aan, en haar hart begon sneller te kloppen.

Alison ontmoette Jenny's blik en knipoogde voordat ze verder liep naar de deur. 'Helaas wel.'

Jenny tikte even tegen Easy's schetsboek, waarin hij een enorme potloodtekening had gemaakt van een eik waaraan geen bladeren groeiden, maar eekhoorns. 'Ja, het is echt waar.' Ze schudde haar hoofd. Ze hoopte maar dat het Easy niet zou opvallen dat haar ontkroezingscrème op was en dat haar haar met dit vochtige weer eruitzag alsof ze een elektrische schok had gekregen. Het was weer voor paardenstaartjes, maar ze had nergens een haarelastiekje kunnen vinden.

'Het hele weekend?'

'Vanaf vanavond.' Jenny keek op haar horloge. Ze hadden nog een paar minuten voordat de les zou beginnen, en het was fijn om met Easy op het stoepje te zitten, iedereen op weg naar hun lokaal te zien langsdrentelen en het over hun plannen voor het weekend te horen hebben. Behalve natuurlijk de meisjes van Dumbarton. 'Het is niet eerlijk, maar de raad van bestuur komt en ze kunnen ons niet de hele tijd in de gaten houden. In elk geval kunnen we wel gaan paardrijden en uit eten gaan.'

Easy schraapte zijn keel, en Jenny voelde hem verstarren. Had ze soms iets verkeerds gezegd? 'Eh...' Hij draaide zijn gezicht naar haar toe. 'Mijn vader komt het weekend, en ik moet vanavond met hem uit eten.' Zijn donkerblauwe ogen stonden bezorgd.

Jenny voelde zich ineens rot. Haar vader was om je dood voor te schamen, maar ze zou nooit bang zijn om met hem uit eten te gaan. Eigenlijk miste ze dat soort uitjes met hem.

'Dus moeten we het maar verzetten naar volgend weekend,' zei Easy.

'Ja, prima.' Impulsief gaf ze hem een kusje op zijn wang. 'Ik begrijp het volkomen.'

'Echt?'

'Tuurlijk.'

Verbaasd schudde Easy zijn hoofd. 'Weet je wel hoe verschrikkelijk lief je bent?'

'Ik vind het alleen vervelend dat je vader je zo op de zenuwen werkt.' Jenny haalde haar smalle schoudertjes op. 'In elk geval hoef je niet in de kantine te eten.'

'En ik krijg er wijn bij, als hij in een gulle bui is.' Easy pakte een krul van Jenny en wond die om zijn wijsvinger. 'En ik krijg ook een stuk of wat preken.'

Jenny giechelde. 'Waarover?'

Easy trok een 'vaderlijk' gezicht. 'Je besteedt te veel tijd aan tekenen en schilderen. Je rijdt te vaak op Credo.' Bij elke nieuw verwijt stak hij een vinger op. 'Je studeert niet hard genoeg. Je denkt niet genoeg na over je toekomst. Je eet niet genoeg groene groenten.' Hij balde zijn vuist. 'Et cetera, et cetera.'

'Als het een troost voor je is, ik zit waarschijnlijk op mijn kamer te leren terwijl jij van je glas wijn aan het genieten bent. Dus het kan erger.'

Easy keek Jenny eens aan en stak toen het potloodstompje achter zijn oor. 'Je hebt gelijk.' Hij beet op zijn lip, en zag er nog net zo zenuwachtig uit als eerst.

Arme, lieve Easy... Het was jammer dat ze niet met hem mee kon gaan. Misschien voelde hij zich dan iets meer op zijn gemak omdat er iemand aan zijn kant stond. Maar ze durfde het niet voor te stellen, want misschien wilde hij liever alleen zijn met zijn vader. Dan was het gauwer voorbij. Het was net zoiets als naar de tandarts moeten. Ze keek naar de deur. 'Kom op, we moeten naar binnen,' zei ze terwijl ze met tegenzin opstond.

Easy liep langzaam achter haar aan. Maar ineens pakte hij Jenny bij haar arm en drukte zijn lippen op haar voorhoofd.

Ze sloot haar ogen en genoot van het moment, met Easy's lippen op haar huid gedrukt. Kon ze de tijd maar laten stilstaan zodat het eeuwig zou blijven duren. Of beter nog, kon ze Easy maar ontvoeren en hem het hele weekend bij zich houden. Moest een Owl met verantwoordelijkheidsgevoel niet de verantwoordelijkheid voor haar eigen geluk op zich nemen?

Aan: JeremiahMortimer@stlucius.edu
Van: BrettMesserschmidt@waverly.edu
Datum: vrijdag 4 oktober, 13:18
Onderwerp: KUT!!!

Jeremiah,

Er is iets heel ergs en oneerlijks gebeurd. En dat allemaal omdat Tinsley Megabitch Carmichael gisteravond een feestje op het dak had georganiseerd. Wat is ze toch een stomkop! Maar goed, ze werden betrapt en nu heeft iedereen het hele weekend huisarrest. En ik moet de opstellen ophalen die de meisjes moeten maken over wat het betekent om een Owl met verant-woordelijkheidsgevoel te zijn. Shit. Ik denk erover om bij wijze van protest uit de disciplinaire commissie te stappen.

Ik vind het verschrikkelijk jammer dat ik je nu niet kan zien spe-len. Je weet dat ik het erg sexy vind als je het andere team van het veld speelt. En ik vind het ook heel rot dat ik niet met je ouders mee uit eten kan gaan. Ik verheugde me er net zo op om na afloop het een en ander met je te vieren. Jij en ik samen. Alleen.

Misschien kunnen we binnenkort iets regelen?

Liefs,

Brett

HeathFerro:	SPOED
TinsleyCarmichael:	Zeg het maar, Heath. Zo verspil je mijn tijd.
HeathFerro:	Zeg, ik heb je hulp nodig om vanavond die fusten weg te halen uit de kamer van het meisje naast je.
TinsleyCarmichael:	Heb je daar mijn hulp bij nodig?
HeathFerro:	Buchanan, zijn pappie en McCafferty gaan vanavond om acht uur met Marymount uit eten. Een mooie gelegenheid voor ons om die fusten daar weg te halen.
HeathFerro:	Dan kun je het meteen goedmaken dat jullie een fust hebben opgezopen.
HeathFerro:	HALLO???

Owlnet instant message inbox

TinsleyCarmichael: Brandon, ik hoor dat Julian en jij van-avond met de rector gaan eten.

BrandonBuchanan: Nou en?

TinsleyCarmichael: Ik wilde alleen maar zeggen dat ik ook wel mee wil. Dat zitten er meer X-chromosomen om de tafel.

BrandonBuchanan: Bedankt, maar dat is niet nodig. Al die Y's kunnen vast heel goed met elkaar overweg.

TinsleyCarmichael: Het is altijd goed voor de conversatie als er een mooi meisje aanzit. Maar geen zorgen, je hoeft het me niet nog eens te vragen. Ik ben er om acht uur.

BrandonBuchanan: Je doet maar.

OwlNet instant message inbox

TinsleyCarmichael: Sorry, Heath. Ik ben er vanavond niet, dus je kunt die fusten niet komen halen. Doei!

HeathFerro: Wat?

HeathFerro: Je houdt me toch niet voor de gek, hè?

HeathFerro: Kom terug!!!

II

Een Waverly Owl komt uit beleefdheid altijd een klein beetje te laat

Le Petit Coq, het enige chique restaurant dat Rhinecliff telde, was gevestigd in een oude boerderij achter aan Main Street. Het soort pand waar je oma in zou kunnen wonen. Omdat er verder alleen pizzeria's waren, een broodjeszaak waar de broodjes naar overleden beroemdheden waren vernoemd, een Indiaas restaurant ongeveer zo groot als een kast, en een Subway, gingen ouders altijd met hun kroost in Le Petit Coq eten. De leerlingen van het Waverly gingen er maar zelden zonder ouderlijke begeleiding naartoe, dus het was altijd een heel uitje wanneer er ouders op bezoek kwamen; je eigen ouders of die van een ander.

'Kijk niet zo nerveus.' Tinsley gaf Callie een por in haar zij toen ze bij het trappetje voor het restaurant kwamen. Door de kanten vitrage heen kon je de schemerige gestalten zien van goedgeklede vrouwen en heren in blazer die aan de door kaarsen verlichte tafels zaten. 'Jij bent niet degene die met de rector gaat eten.'

'Jij bent niet degene die met haar ex gaat eten, én met zijn vader!' zei Callie vinnig. Ze bleef even op de onderste tree staan om de schildpadspeldjes die ze in haar haar droeg beter vast te zetten.

'Daar heb je gelijk in.' Tinsley droeg een zwarte overhemdjurk van Agnès B., die ze niet helemaal had dichtgeknoopt zodat er nog een decente portie blote huid was te zien. Om haar schouders had ze nonchalant een sjaaltje van Loro Piana gedrapeerd. Ze tikte met haar Fendi-schoenen met naaldhakken op het stoepje. 'Maar dat is nog geen excuus om te laat te komen.'

Callie ademde de frisse avondlucht diep in en sloeg haar armen om zich heen. Ze zag er heel elegant uit in een strak, geruit rokje en een bijpassend rood truitje van Moschino Cheap & Chic. Het truitje had bij de hals een strik waarmee ze steeds speelde. Ze was absoluut nerveus.

Tinsley slaakte een zucht. Ze wist dat dit veel voor Callie betekende. Ze hadden het er niet echt over gehad, maar Callie hoopte natuurlijk stiekem dat dit etentje een stap in de goede richting zou zijn om Easy terug te krijgen. Het kwam niet vaak voor, maar Tinsley had geen goede raad voor haar. Easy had toch kunnen weten dat het alles erg ingewikkeld zou maken toen hij Callie uitnodigde om met zijn vader en hem te gaan eten. En waarom had hij het Jenny niet verteld? Wat mankeerde die jongen? Tinsley begon hem bijna aardig te vinden...

Tinsley pakte Callies hand toen Callie op haar nagels wilde bijten. 'Je ziet er geweldig uit, schat. Je zult hen helemaal betoveren.' Gauw gaf ze Callie een kusje op haar wang, en ze kneep ook nog in haar klamme hand.

'Ga jij maar naar binnen... Ik blijf hier nog even staan om tot mezelf te komen.' Callie lachte flauwtjes. 'Ik weet nu al dat jij je zult amuseren.'

Tinsley stapte de vestibule in en keek in het voorste gedeelte of ze haar tafelgenoten ergens zag. Zoals was te verwachten om vijf over acht aan de vooravond van de vergadering van de raad van bestuur, was het afgeladen vol. De eerste kelner vroeg haar met een nep Frans accent of ze met iemand had afgesproken, en ze liep achter hem aan naar haar tafel. De vloer was ongelijk en kraakte wanneer je erover liep, maar de muren waren behangen met dieprood brokaat. Dat zag eruit als iets wat Marie

Antoinette wel in haar slaapkamer kon hebben gehad. De begane grond bestond uit kamertjes die waren verbouwd tot compartimenten, en dat gaf een intieme sfeer. Het was er een beetje oubollig, met vergulde spiegels in de toiletten, en het rook er naar seringen, maar Tinsley vond het hier geweldig.

'*Voilà, mademoiselle,*' zei de kelner toen hij Tinsley had gebracht naar een ronde tafel waaraan meneer Buchanan, meneer Marymount, Brandon en Julian al zaten. Ze stonden op om haar te begroeten.

'Het spijt me dat ik zo laat ben,' zei Tinsley.

De kelner schoof de stoel tussen Julian en meneer Buchanan uit.

Tinsley was blij met al die mannelijke aandacht. Meneer Buchanan zag er precies zo uit zoals ze zich voorstelde dat Brandon er over dertig jaar zou uitzien: knap, gebruind en gezond, alsof hij elke middag de tijd kon vinden om tussen twee vergaderingen door toch even een potje te tennissen. Zijn donkerblonde haar werd bij zijn slapen een beetje dunner, en om zijn rechterpols droeg hij een Rolex. Hij was gekleed in een Armani-pak en een lichtblauw zijden overhemd. Zonder das. Het bovenste knoopje stond open.

Tinsley stak haar hand uit. 'Ik ben Tinsley Carmichael. Het is prettig om kennis met u te maken, meneer Buchanan.'

Hij schudde Tinsleys hand met het zelfvertrouwen van een man op leeftijd die met een veel jongere vrouw is getrouwd. Tinsley had gehoord dat hij Brandons stiefmoeder had leren kennen toen ze nog studeerde.

'We vinden het fijn dat je kon komen, Tinsley.' Hij had lachrimpeltjes bij zijn groene ogen, en Tinsley dacht dat hij haar een beetje flirterig aankeek. 'Het is altijd prettig om met een mooie vrouw aan tafel te zitten.'

Tinsley glimlachte. Uiteraard was dat prettig. 'Dank u. Het was aardig van Brandon om me uit te nodigen.'

Brandon schraapte zijn keel en keek Tinsley vragend aan, alsof hij nog steeds niet goed wist waarom ze hier in 's hemelsnaam bij wilde zijn. 'Graag gedaan, Tinsley.'

'Dank je, Brandon.' Ze lachte hem liefjes toe, en door de bleekroze Cargo-lipgloss zag ze er nog onschuldiger uit dan normaal. 'Meneer Marymount, het is prettig u weer eens buiten het schoolterrein te zien.' Gracieus bood ze hem haar hand aan. Natuurlijk had hij een bordeauxrode blazer aan, met dezelfde Van Gogh-das als op de bijeenkomst van de disciplinaire commissie van die ochtend. Op school kon die das wel, maar in het openbaar? Hij bloosde een beetje toen ze elkaar de hand schudden. Hij dacht natuurlijk aan die keer dat Tinsley hem had betrapt toen hij nog geen twee weken geleden in badjas samen met mevrouw Pardee op het balkon van een hotel in Boston had gestaan. Of misschien bloosde hij omdat Tinsley toen vrijwel naakt was geweest.

Eindelijk bleef haar blik rusten op de persoon die ze had willen zien zodra ze het restaurant in was gelopen. Julian. Hij stond naast haar en was verreweg de interessantste van iedereen aan deze dis. Zijn blonde haar was vochtig en rook naar... naar iets lekkers. Ze wist niet precies wat als ze er haar neus niet in kon begraven. En hij mocht niet weten dat ze dat dolgraag zou willen doen.

'Hoi, Julian,' zei ze bijna verlegen. Ze kreeg een heel raar gevoel in haar buik. Het was vreemd, maar elke keer dat ze in zijn fluweelzachte bruine ogen keek, was het net alsof hij in haar ziel kon kijken, door alle kleren en accessoires en andere onzin heen. Had hij dat effect op iedereen of lag het aan haar? Ze kreeg er kippenvel van.

'Je ziet er leuk uit, Tinsley.' Hij lachte beleefd naar haar, en voor de eerste keer viel het haar op dat hij een kuiltje in zijn linkerwang had dat naar haar leek te knipogen.

'Dank je wel. Alsjeblieft, ga allemaal toch zitten.' Snel

schoof ze aan, en toen merkte ze dat er nog geen fles wijn op tafel stond. Waarschijnlijk zou Marymount niet toestaan dat ze in zijn aanwezigheid wijn dronk.

'We hadden het er net over dat het de laatste tijd zulk prachtig weer is.' Meneer Buchanan sloeg de menukaart dicht en vouwde zijn handen. 'Misschien weet jij een interessanter onderwerp? Vertel eens, heb je plannen voor het weekend? Een feestje, een afspraakje, shoppen?'

Snel wierp Tinsley een blik op Marymount, die zichtbaar verbleekte. Ze wachtte totdat hij iets zou zeggen, maar hij deed zijn mond niet open, dus begreep Tinsley dat hij liever niets wilde vertellen over het huisarrest van de meisjes in Dumbarton. 'Nou,' zei ze, en toen zweeg ze even om te genieten van de ontredderde uitdrukking op Marymounts gezicht. 'Nou, er zijn nogal wat dingen die een Waverly Owl in het weekend kan doen.'

'Noemen jullie jezelf echt Waverly Owls?' Samenzweerderig boog meneer Buchanan zich naar haar toe.

'Alleen waar leden van de raad van bestuur bij zijn,' grapte Julian. Iedereen grinnikte.

'Tinsley, was er dit weekend geen bijeenkomst van de Cinephiles?' vroeg Brandon achteloos. Hij zette zijn elleboog op tafel en zijn ogen fonkelden ondeugend.

'Die is uitgesteld.' Ze deelde onder tafel een trap uit tegen zijn voet.

Meneer Buchanan pakte een van de verse broodjes uit het mandje in het midden van de tafel. 'De Cinephiles? Die hadden we in mijn tijd niet.'

'Dat is ook al erg lang geleden, Collin,' zei Marymount een beetje stijfjes, alsof hij niet meer goed wist hoe je grapjes moest maken.

Tinsley lachte toch maar beleefd. 'De Cinephiles is de filmclub. Die is opgezet om gebruik te kunnen maken van de geweldige apparatuur op school. En de verrukkelijk zachte stoelen in de filmzaal.' Haar familie had dat allemaal aan de school geschonken, maar dat zei ze er niet bij. Waarschijnlijk wist meneer Buchanan dat al. 'Een paar keer per maand bekijken we een film en daarna gaan we daarover in discussie.'

'O, ja?' vroeg Julian. Hij klonk oprecht geïnteresseerd. Hij droeg een lichtblauw Ben Sherman-overhemd, en Tinsley zag de letters op zijn T-shirt er vagelijk doorheen schemeren: MASSIVE ATTACK. 'Cool. Ik wist niet dat er een filmclub op het Waverly was.'

'Tinsley heeft die opgezet,' zei Brandon, en dat vond ze aardig van hem.

'We zouden *Rosencrantz and Guildenstern Are Dead* vertonen, maar dat is nu verplaatst naar volgend weekend.' Ze nam een slokje water. Er zaten geen ijsblokjes in, dit was een Fráns restaurant. 'We hebben dit weekend allemaal erg veel huiswerk.' Dat was waar. Ze ging echt niet liegen waar Marymount bij was, ook niet om hem uit de penarie te helpen.

'*Heads. Heads. Heads. Heads. Heads. Heads,*' zei Julian.

Tinsley en Brandon barstten in lachen uit, maar Marymount en meneer Buchanan keken alsof ze er niets van begrepen.

'Dat is iets uit de film,' legde Tinsley uit.

'Ik geloof niet dat ik die ooit heb gezien.' Meneer Marymount nam een grote slok water, en een druppel condens gleed van het glas en kwam met een plofje op het tafelkleed neer.

'O, nee?' vroeg Tinsley geanimeerd. 'Het is een geweldige film. Een verfilming van het toneelstuk van Tom Stoppard over de existentiële rampspoed van...'

'Neem me niet kwalijk dat ik een mooi meisje in de rede val,' onderbrak meneer Buchanan haar. 'Maar een gesprek over existentialisme krijgt altijd vleugels wanneer dat wordt begeleid door een fles wijn.' Hij gebaarde naar de ober en wees iets op de wijnkaart aan.

Tinsley knipoogde naar Brandon. Hij had immers gezegd dat er aan zijn vader geen lol te beleven was.

Julian raakte zijn voet met de hare aan. Of misschien was het toeval. Tinsley hield haar voet waar die was.

Met een glas wijn erbij kon het alleen nog maar leuker worden.

Owlnet e-mail inbox

Aan: BrettMesserschmidt@waverly.edu
Van: JeremiahMortimer@st.lucius.edu
Datum: vrijdag 4 oktober, 20:01
Onderwerp: Volgend weekend

Hoi stuk,

Dat is knap rot van het weekend... Zitten jullie opgesloten net als Rapoenzel? Jammer dat ik niet op de bijeenkomst van de disciplinaire commissie kon zijn, dan had ik die Marymount eens alle hoeken van de kamer laten zien.

Ik zal de hele dag aan je denken.

Ik vind het jammer dat je niet kunt komen, maar maak je er maar niet druk om. We gaan een andere keer wel met mijn ouders uit eten, en mij zie je zeker gauw. Volgend week gaan we uit op het meest romantische afspraakje dat je je maar kunt voorstellen.

Vanavond ga ik vroeg naar bed, maar ik bel je morgen.

Liefs,

Jeremiah

PS Zorg dat je een brave Owl bent.

*Een Waverly Owl weet dat een mooie
tafeldame bij moeizame gesprekken een
uitstekende afleiding kan zijn*

Easy zat aan het een beetje scheve tafeltje met zijn vader te wensen dat hij ergens anders was dan in dit overvolle nep-Europese restaurant met pretenties. Hij pakte een van de zevenendertig vorken naast zijn bord op en draaide daarmee alsof het een baton van een majorette was. Hij had liever een sigaret in handen gehad. Meneer Walsh was verdiept in de menukaart. Toen Easy nog klein was, was meneer Walsh al imposant geweest: een meter negentig lang, met brede schouders en een zware stem. Maar nu had hij grijs haar gekregen en een buik die eruitzag alsof hij die al twintig jaar volstopte met vlees van de barbecue, en was hij nog imposanter dan eerst.

Easy zuchtte eens diep. Waar bleef Callie? Hij had Tinsley in de eetzaal zien kijken, en ze had er opgewonden uitgezien. Misschien ging ze met weer een andere leraar van het Waverly uit eten. Maar sindsdien waren er vijf minuten voorbijgegaan, of waren het er vijftig? Hij hoopte echt dat Callie zou komen opdagen.

Alsof meneer Walsh Easy's gedachten kon lezen (een van zijn minst aantrekkelijke talenten) zei hij: 'Ik hoop niet dat je vriendinnetje ons laat stikken.'

'Ze komt heus wel, pa.' Easy keek op toen de serveerster water in hun zware, kristallen glazen schonk. 'En ze is mijn vriendinnetje niet.' Als zijn vader ook maar een beetje menselijker was geweest, zou hij hem over Jenny proberen te vertellen. Maar meneer Walsh deed altijd schamper over dingen die Easy dierbaar waren, en Easy wilde liever niet dat zijn vader al van Jenny wist. Misschien was het wel raar dat hij met zijn vader uit eten ging zonder hem iets te vertellen over het nieuwe meisje in zijn leven. Of om haar voor het dineetje uit te nodigen. Verdomme! Jenny was hem heel veel waard, wat kon het hem schelen dat zijn vader schampere opmerkingen over haar zou maken? Hij schoof heen en weer op zijn stoel en boog zich naar zijn vader toe. 'Pa, ik...'

'Hoi.'

Easy hoorde achter zich een zachte stem. Hij draaide zich om. Naast zijn stoel stond Callie. Ze zag er bleek en een beetje broos uit, en ze lachte zenuwachtig. Ze droeg een leuk, strak rokje met ruitjes, en een donkerrood truitje met meisjesachtige pofmouwtjes. Ze had haar haar uit haar gezicht gekamd, en als ze al make-up had gebruikt, dan was dat niet te zien.

'Ben ik erg te laat?'

Zowel Easy als zijn vader stond op.

'Wat fijn om je weer eens te zien!' Meneer Walsh schakelde moeiteloos over op charmant en kuste Callie op haar wangen. 'Het is echt fijn je weer eens te zien, Callie Vernon.'

'Ik vind het ook heel prettig, meneer Walsh.' Bijna meteen verdween Callies verlegenheid. Ze knipoogde even naar Easy, en Easy glimlachte als vanzelf. 'Het was heel aardig van u om me uit te nodigen.'

'Wil je me alsjeblieft J.L. noemen? Dan voel ik me jong.'

Zonder er verder bij na te denken deed Easy zijn vader na en kuste haar ook op haar wangen. 'Je ziet er eh...' Hij voelde dat hij bloosde. Ineens was híj degene die zenuwachtig was. 'Je ziet er mooi uit.'

'Ik denk dat ik mijn zoon eens moet bijbrengen hoe je dames complimentjes maakt.' Grinnikend ging meneer Walsh weer zitten. 'Callie, lieverd, je ziet eruit als een plaatje. Vind je niet, Easy?'

Easy schraapte zijn keel, en Callie lachte naar hem en hield haar hoofd schuin, alsof ze antwoord van hem verwachtte.

'Eh, ja,' zei hij, en hij bloosde nog dieper. 'Absoluut.'

Ze begonnen te praten over de lessen en sport, en Easy luisterde zeer onder de indruk. Meneer Walsh was niet de gemakkelijkste om mee te converseren. Zodra hij iemands mening over een bepaald onderwerp te weten was gekomen, nam hij een tegenovergesteld standpunt in. Maar Callie leek het wel leuk te vinden om met hem te babbelen, en door de combinatie van Callies tegendraadse natuur en haar natuurlijke zuidelijke charme raakte iedereen op zijn gemak. Eigenlijk was het nogal indrukwekkend. De vorige keer dat Easy's ouders hier waren geweest, was hij vreselijk gespannen en had hij zich laten vollopen. Maar hij herinnerde zich nog wel dat zijn ouders hadden gezegd dat Callie een volmaakte dochter zou zijn. Het was heel verfrissend om Callie te horen praten over iets anders dan de schoenen van vijfhonderd dollar die ze bij Barneys had gescoord. Ze klonk intelligent. En dat was eigenlijk behoorlijk sexy.

'Callie, je moet mijn zoon echt beter in de gaten houden,' zei meneer Walsh terwijl hij een grote slok van zijn glas cabernet nam. 'Ik durf te wedden dat een intelligente jongedame zoals jij haar schoolwerk niet verwaarloost voor iets stompzinnigs als tekenen of paardrijden.' Hij legde extra nadruk op het woord 'tekenen', zodat het iets beledigends kreeg.

Easy voelde zijn wangen kleuren van woede. Waarom was zijn vader toch zo'n lul? 'Weet je, pa, er bestaat meer in het leven dan negens en tienen halen, en gefortuneerde misdadigers voor veel geld verdedigen.' Het kwam in hem op zijn vader te vertellen over de schets die in de galerie op school hing en die hij had gemaakt, maar besloot toen zijn mond maar te houden.

Meneer Walsh lachte. Hij nam Easy nooit serieus. 'Mensen die nooit ook maar een cent hebben verdiend, hebben niet het recht kritiek te leveren op mensen die hard voor hun brood werken. Ik wilde alleen maar zeggen dat als je net zo veel tijd zou besteden aan je schoolwerk als aan je "kunst", je misschien geen gevaar zou lopen te blijven zitten.'

'Weet u,' zei Callie, die net deed alsof ze niet merkte dat Easy steeds kwader werd. 'Ze zeggen dat als je je creatief uit, je mentale capaciteiten worden vergroot.' Een lok blond haar ontsnapte uit het speldje en viel voor haar gezicht.

'Zeggen ze dat?' zei meneer Walsh, die interesse voorwendde.

Verrast keek Easy Callie aan. Callie en zijn vader hadden zitten babbelen en hadden grapjes gemaakt alsof ze de beste maatjes waren, en nu kwam ze ineens voor hem op terwijl zijn vader zich uitleefde in zijn hobby: zijn zoon neersabelen. Dat was dapper van haar. En lief.

'Ja.' Ze legde de vork neer waarmee ze in haar salade met walnoten en roquefort had geprikt. 'Kijk maar naar al die uitvinders. Ze hadden immers juist succes omdat hun hersens net even anders werkten?' Even zweeg ze, en ze speelde met het pareltje in haar linkeroorlel. 'Ik bedoel, Da Vinci was een groot kunstenaar, maar ook op technisch gebied was hij een genie.'

Meneer Walsh schonk zichzelf nog een glas wijn in, en Easy's en Callies glas schonk hij halfvol. Easy dronk er gretig van. Hij wist niet precies wat hij er allemaal van moest denken.

Zijn vader keek waarderend naar Callie. 'Op die manier heb ik er nog nooit over nagedacht, kindje. Maar misschien heb je wel gelijk.'

'Trouwens,' zei Callie zacht terwijl ze haar glas naar haar lippen bracht. 'Easy kan heel goed tekenen en schilderen.' Even keek ze Easy aan. 'Hij heeft erg veel eh... talent.'

Easy keek naar zijn bord met de half opgegeten *terrine des filets de sole.* Het vreemde gevoel in zijn buik verspreidde zich door zijn hele lichaam. Het was echt lief van Callie dat ze hem zo in bescherming nam. Ze ging als een vrouw van de wereld met zijn vader om. Het was alsof die maanden waarin ze op hem had gevit en ze zo vreselijk had lopen zeuren, slechts een droom waren geweest, en dat hij nu de echte Callie weer zag, de Callie op wie hij vorig jaar verliefd was geworden.

Was dat wat hij wilde? Dat die paar maanden werden uitgewist? Maar dat zou betekenen dat hij Jenny niet had leren kennen, dat hij nooit Jenny's lieve gezicht zou hebben gezoend.

Dat kon hij zich niet voorstellen. Maar toen hij opkeek en Callie verlegen naar hem zag kijken, duizelde het hem.

Owlnet e-mail inbox

Aan:	De bewoners van Dumbarton
Van:	RectorMarymount@waverly.edu
Datum:	vrijdag 4 oktober, 21:30
Onderwerp:	Huisarrest

Bewoners van Dumbarton,

Denk erom dat het huisarrest nu begint. Iedereen moet binnen-blijven, niemand mag naar buiten, met uitzondering van nood-gevallen. Dit blijft zo tot maandagmorgen zeven uur.

Brett Messerschmidt zal de opstellen ophalen over wat het betekent om een Owl met verantwoordelijkheidsgevoel te zijn. Als jullie vragen hebben, kunnen jullie haar een e-mail sturen. Het hoofd van Dumbarton, mevrouw Pardee, zal het grootste gedeelte van het weekend niet in Dumbarton zijn omdat haar aanwezigheid is vereist bij de bijeenkomst van de raad van bestuur. Jullie begrijpen zeker zelf wel dat leerlingen die zich niet aan het huisarrest houden, van school zullen worden ver-wijderd.

Rector Marymount

Aan:	Bewoners van Dumbarton
Van:	BrettMesserschmidt@waverly.edu
Datum:	vrijdag 4 oktober, 21:40
Onderwerp:	Ontbijtbijeenkomst

Meisjes,

Morgen om negen uur komen we bij elkaar in de huiskamer. Jullie aanwezigheid is verplicht. (En jullie zullen er geen moeite mee hebben om vroeg op te moeten staan, want we zitten toch allemaal in onze kamers met schoonheidsmaskertjes te klooi-en, en we gaan vast allemaal vroeg naar bed.)

We moeten het over dat opstel hebben.

BM

Een Waverly Owl luistert naar de voorstellen van haar leeftijdgenoten

Het verbaasde Brett Messerschmidt dat de huiskamer van Dumbarton om drie minuten over negen vol meisjes zat. Ze had verwacht dat niemand naar de bijeenkomst zou komen, ook al had ze geschreven dat hun aanwezigheid verplicht was. Maar iedereen had zich de vorige avond zeker zo vreselijk verveeld dat ze dankbaar waren om daar met zijn allen eens stevig over te klagen. Er waren dozen met verse bagels en muffins gebracht, individuele verpakkingen boter en roomkaas, plastic bestek en karaffen vol sinaasappelsap. Maar geen koffie. Brett voelde al de hoofdpijn opkomen die ze kreeg wanneer er geen cafeïne door haar aderen vloeide. De meeste meisjes waren nog in hun pyjama, alsof het een soort ontbijt-op-bed-feestje was. Raar, een heel stel ervan kende Brett helemaal niet. Slechts een paar meisjes waren helemaal aangekleed. Onder hen bevond zich het Meisje in het Zwart, zoals Brett en Jenny haar altijd noemden; het mooie en stille meisje met het schouderlange donkerblonde haar en de enorme groene ogen. Ze had altijd een boek bij zich. Ze zat in de vensterbank een stripboek te lezen, gekleed in een T-shirt van een concert van Bob Dylan en een zwarte spijkerbroek. Brett wist niet eens dat ze ook in Dumbarton woonde.

Met een zucht pakte ze een bagel en een kuipje roomkaas light en ging zitten in een leunstoel in de hoek. Ze had een pesthumeur. Het was ook vreselijk: vandaag was de wedstrijd op het

St. Lucius. Ze had in haar mooiste kleren op de tribune moeten zitten om Jeremiah aan te moedigen zodat alle cheerleaders van het St. Lucius zouden zien dat hij al bezet was. Het was Jeremiahs grote dag, en zij had daarbij moeten zijn. Ze had het bijna voorgoed verknald tussen hen toen ze dacht dat ze verliefd was op Eric Dalton, maar nu was alles weer dik in orde met Jeremiah en wilde ze hem laten zien hoeveel ze van hem hield.

Verassend genoeg zaten Tinsley en Callie al op een van de banken, Tinsley met haar benen over de armleuning gedrapeerd. Ze droeg een strak T-shirt van Arizona Wildcats (had ze soms iets gehad met iemand uit Arizona?) en een roodzijden pyjamabroek. Haar haar zat nog in de war van het slapen. Callie droeg een witkatoenen hemdje. Ze fluisterden elkaar dingen in het oor; zoals gewoonlijk waren ze zeker iets van plan.

Brett scheurde een stukje van haar bagel af en smeerde er roomkaas op.

'Dank jullie wel dat jullie zijn gekomen. Ik dacht dat het een goed idee zou zijn om bij elkaar te komen en te brainstormen over eh... dat belachelijke, verdomde opstel.' Oeps. Brett had zakelijk willen zijn, maar ze had haar woede toch niet weten te onderdrukken.

'Sage en ik hadden toestemming om vandaag naar de stad te gaan,' zei Emily Jenkins met een slachtofferige uitdrukking op haar gezicht. 'Bij Barneys showen ze dingen van Jovovich-Hawk, en we verheugden ons er al weken op. Misschien kan ik daar een opstel over schrijven.'

'Ja hoor. Denk je nou echt dat het Marymount ook maar iets kan schelen dat je niet het nieuwste modelletje van dit seizoen kon kopen?' schamperde Benny Cunningham terwijl ze een bananenmuffin met nootjes pakte. Ze was duidelijk gepikeerd omdat ze niet was gevraagd voor het uitstapje naar Barneys.

Yvonne Stidder, die haar haar in twee staartjes droeg, stak aarzelend haar hand op.

Geduldig zei Brett: 'Je hoeft je hand niet op te steken, Yvonne. Iedereen mag gewoon zeggen wat ze op haar hart heeft.'

'Dank je, Brett.' Nerveus keek Yvonne om zich heen. Ze zag er klein en eigenlijk wel een beetje funky uit in haar verschoten rode pyjama bedrukt met de Jetsons. 'Ik wilde alleen maar zeggen dat Marymount vast niet bedoelde dat we ons moesten beklagen over wat allemaal aan onze neus voorbijgaat.' Even keek ze naar Emily en Sage en voegde er toen snel aan toe: 'Dat was niet beledigend bedoeld, hoor.'

'Volgens mij heeft Yvonne gelijk,' zei Jenny. Ze zat in kleermakerszit op de grond, gehuld in een spijkerbroek van True Religion en een gestreept matrozentruitje van Ralph Lauren. Brett had al vermoed dat Jenny niet in pyjama zou komen omdat ze niet zonder beha wilde worden gezien. 'Ik bedoel, hij weet natuurlijk ook wel dat we veel leuke dingen missen. Daarvoor is een straf toch ook bedoeld.' Ze haalde diep adem. 'Hij wil dat we leren wat het betekent om verantwoordelijkheidsgevoel te hebben, en verantwoordelijkheidsgevoel heeft te maken met hoe je je straf ondergaat. Of het nou eerlijk is of niet. Je moet er gewoon maar het beste van zien te maken, toch?'

Tinsley en Callie giechelden, en Jenny bloosde diep.

'Callie?' zei Brett. 'Heb jij misschien nog iets te zeggen?'

'Nou,' zei Callie, en ze moest alweer giechelen. 'Wij weten wel hoe we er het beste van kunnen maken. Van onze straf, bedoel ik.'

'Marymount heeft dan wel een fust gevonden,' merkte Tinsley met koninklijke waardigheid op, 'maar...' Ze zweeg even voor het effect, en om te genieten van de verbaasde uitdrukking op de gezichten van de nog niet allemaal even wakkere meisjes. 'De andere vijf heeft hij niet gevonden.'

Meteen klonk er opgewonden geroezemoes.

'Waar heb je het over?' vroeg Brett bozig. 'Zijn er nog meer? Waar dan?'

'Onder Kara's bed,' onthulde Callie trots.

Nog meer geroezemoes. De meisjes keken om zich heen en vroegen zich af wie die Kara was. Dat werd pas duidelijk toen het Meisje in het Zwart van de vensterbank sprong, haar gezicht bleek van ontzetting. 'Meen je dat nou?'

'Sorry,' zei Tinsley. Het klonk helemaal niet verontschuldigend. 'Je stond onder de douche en je deur stond open, en onder mijn bed lag allemaal troep.' Zo leek het bijna Kara's eigen schuld te zijn.

'Dus je hebt zonder het te vragen vijf fusten in mijn kamer verstopt?' Kara keek geërgerd.

Brett glimlachte, blij dat het Meisje in het Zwart zo goed voor zichzelf durfde op te komen. Ze moest wel stevig in haar schoenen staan, dat ze dat durfde bij Tinsley Carmichael en met allemaal meisjes om zich heen die graag op Tinsley wilden lijken. Ze vond dit meisje nu al aardig.

'Het zijn maar kleine fusten, hoor,' zei Callie.

Yvonne schraapte haar keel. 'Het lijkt mij de perfecte gelegenheid om een negatieve situatie een positieve wending te geven. Wij zitten hier opgesloten, en Pardee is er niet.'

'Dus maken we er een feest van!' Celine Colista stond op. Ze droeg een Gap Body-short en vertoonde heel veel bijzonder lang been. Ze maakte een danspasje. Iedereen praatte opgewonden door elkaar heen.

'Oké.' Brett ging rechtop zitten. Het speet haar dat ze geen voorzittershamer of zoiets had om iedereen tot stilte te manen. 'Maar als Pardee nou binnenkomt en een kamer vol bewusteloze meisjes ziet en vijf lege fusten?'

'Nou,' zei Rifat Jones, de lange, sportieve captain van het volleybalteam. 'Ik denk dat ik wel hulp kan bieden.' Het gerucht ging dat haar ouders zowat de macht over Wall Street hadden voordat ze lid werden van het Vredeskorps en mensen in Ghana gingen leren hoe ze een eigen bedrijf konden opzetten. Best cool. 'Mijn vriendje zit in de commissie die de raad van bestuur begeleidt,' legde ze uit. Ze had donker, krullerig haar en droeg een short van Natalie Portman *V for Vendetta,* en haar benen onder de salontafel leken kilometers lang. 'Hij helpt bij het grote diner vanavond in het huis van Marymount. Hij zegt dat het altijd tot in de kleine uurtjes duurt, en dat de raad van bestuur en de leraren allemaal zoveel drinken dat ze wankelend naar huis gaan. Dus...'

'Dus hij kan ons bellen wanneer Pardee daar weggaat?' viel Tinsley haar in de rede.

'Precies.' Rifat knikte. 'Hij kan ons op zijn minst van tevoren waarschuwen. En dan verstoppen we de fusten en duiken ons bed in.'

'Geweldig. Dank je, Rifat.' Tinsley klapte opgetogen in haar handen, alsof ze zelf een oplossing voor het probleem had gevonden.

Brett wist wel bijna zeker dat Tinsley nog nooit een woord met Rifat had gewisseld, maar nu was ze ineens de beste maatjes met haar. En waarom ook niet? Tinsley was dol op mensen die ze kon gebruiken.

'Dus het feest gaat door?' Callie sprong op van de bank en rekte haar lange, magere lijf. 'Dan is er nog tijd genoeg om iets uit te kiezen om aan te doen.'

'Wacht even,' zei Yvonne Stidder. 'Zullen we vanavond elkaars kleren naar het feest dragen? Kleren van iemand die we niet echt kennen? Ik bedoel, dat zou een goede gelegenheid zijn om beter kennis te maken.' Schouderophalend fronste ze haar voorhoofd, alsof ze bang was te worden uitgelachen.

'Goed idee!' riep Rifat opgewonden uit. Ze keek naar Callie, Celine en de andere lange meisjes.

Benny Cunningham probeerde Callies aandacht te trekken,

maar Callie was al bezig te kijken welke meisjes ongeveer haar maat hadden. Alsof er nóg iemand was die zo mager was... De andere meisjes fluisterden driftig met elkaar.

Brett slaakte een zucht. Een feestje kon het niet goedmaken dat ze niet naar Jeremiahs wedstrijd kon gaan, maar de gedachte aan een hele middag snuffelen in kasten vol goednieuwe kleertjes was heel aantrekkelijk. Het leek een beetje op die keer dat ze met Callie in een taxi door New York was gereden om alle boetiekjes af te gaan waar ze retromodelletjes hadden. Ze waren op zoek geweest naar een jurkje van Chanel dat ze in de bibliotheek had gezien toen ze een stapel *Vogues* uit de jaren zestig doorbladerde. Ze hadden niet net zo'n jurkje gevonden, maar wel een heleboel andere leuke dingen.

'Goed,' zei Brett. Ze veegde de kruimeltjes van haar schoot, en hoopte stiekem dat er geen maanzaad tussen haar tanden zat. 'En denken jullie ook even na over wat het betekent om een Owl met verantwoordelijkheidsgevoel te zijn? Stuur me maar een mailtje.' Misschien konden ze hun krachten bundelen en met zijn allen één doorwrocht opstel schrijven. Ze verfrommelde het servetje in haar hand. 'En zet jullie kastdeuren open.'

Owlnet e-mail inbox

Aan:	HeathFerro@waverly.edu;
	EasyWalsh@waverly.edu;
	BrandonBuchanan@waverly.edu;
	JulianMcCafferty@waverly.edu;
	AlanStGirard@waverly.edu;
	RyanReynolds@waverly.edu
Van:	TinsleyCarmichael@waverly.edu
Datum:	zaterdag 5 oktober, 10:12
Onderwerp:	Sst...

Lieve jongens,

Ik wilde jullie even laten weten dat er vanavond een feest wordt gegeven in Dumbarton. Ik vond dat we jullie moesten uitnodigen omdat het eigenlijk jullie bier is.

Pardee is er niet, maar Ben van de beveiliging patrouilleert wel om te controleren of er niemand in of uit gaat. Dus kom als jullie een manier weten te bedenken om naar binnen te glippen. Zorg wel dat jullie niet worden betrapt, want dan zijn jullie erbij (en niet bij ons, dus.)

Met ondeugende groetjes,

T

Owlnet e-mail inbox

Aan: BrettMesserschmidt@waverly.edu
Van: KaraWhalen@waverly.edu
Datum: zaterdag 5 oktober, 11:21
Onderwerp: Wat ik heb geleerd...

is dat een Owl met verantwoordelijkheidsgevoel best naar het eerste feest kan gaan waarvoor ze ooit is uitgenodigd. Vooral als de fusten in haar kamer staan!
Tot vanavond.
K

Owlnet e-mail inbox

Aan: BrettMesserschmidt@waverly.edu
Van: EmilyJenkins@waverly.edu
Datum: zaterdag 5 oktober, 12:07
Onderwerp: Don't you wish your girlfriend was hot like me?

Oké, ik heb te veel naar de verkeerde muziek geluisterd. Wat ik ECHT wil is hotte kleertjes! Ik heb echt iets leuks nodig voor het feest. Mag ik bij je langskomen? Ik ben al onderweg.
E
PS Een Owl met verantwoordelijkheidsgevoel morst geen bier op geleende kleren.

14

Een Waverly Owl weet dat samenwerking met leeftijdgenoten tot nieuwe en creatieve oplossingen kan leiden

Zaterdag om half een zag de kantine van het Waverly er op het eerste gezicht uit zoals die er altijd uitzag: overvol. Maar mensen die de school goed kenden, zouden toch een verschilletje hebben opgemerkt. Namelijk dat er geen meisje van Dumbarton te bekennen viel. En dat betekende dat de meest sexy meisjes er niet waren. En dat had effect op esthetisch gebied. En op de jongens.

Toen Brandon door de deur kwam, keek hij onbewust of hij Callies blonde hoofdje nergens zag, of Jenny's krullen. Pas toen drong het tot hem door dat ze er niet zouden zijn. Met een diepe zucht pakte hij een dienblad en liep langs de vitrines om aan te sluiten bij de rij wachtenden voor kippenpootjes (een van de weinige dingen waar Callie dol op was. Ze zou er goed de pest over in hebben).

'Nog een beetje,' zei Heath Ferro tegen het arme meisje dat opschepte. 'Niet zo zuinig doen, hoor, ik ben nog in de groei.'

Brandon probeerde niet te kokhalzen toen hij langs zijn kamergenoot liep en een kom dampende tomatensoep pakte. Zijn maag was nog niet bekomen van het diner van de vorige avond. Of misschien voelde hij zich misselijk omdat Tinsley zo met zijn vader had geflirt. Raar hoor. Ze was zomaar ineens komen opdagen en had iedereen betoverd, afgezien misschien van Julian.

'Wat heb je toch, prinses?' vroeg Heath toen er eindelijk genoeg kippenpoten op zijn bord lagen. 'Was je afspraakje met Julian niet leuk? Hij zei dat je er sexy uitzag.' Hij gniffelde.

Brandon keek geërgerd en zocht naar een appel zonder beurse plekken. Heath bleef maar kinderachtige grapjes maken over homo's. Brandon zag hem al voor zich op de reunie over vijftig jaar, nog steeds grapjes makend over *Brokeback Mountain.*

'Tinsley was er ook bij, stomkop,' zei Brandon. Hij liep naar het koelvak en pakte een flesje met sinaasappel-aardbeisap. Alleen al door het zeggen van haar naam leek er iets te zinderen.

'Jezus, een heel weekend geen meisjes.' Heath liep achter Brandon aan naar de tafel bij de open haard, waar al een paar van hun vrienden waren gaan zitten. 'Dat is toch echt shit.'

'Nou en of,' zei Alan St. Girard tussen het naar binnen slurpen van zijn chocomel door. 'Het lijkt wel alsof ik in *School Ties* zit of zoiets.'

'Er zijn ook andere meisjes, hoor.' Ryan Reynolds zuchtte alsof hij het zelf niet geloofde.

'Jawel, maar geen leuke,' zei Heath.

'Sinds wanneer maak jij onderscheid?'

Heath pelde zijn banaan en gooide de schil naar Alan, en dook vervolgens net op tijd weg om het klokhuis te ontwijken dat Alan hem in het gezicht wilde gooien.

Geweldig, dacht Brandon. Net een stelletje gorilla's. Zonder meisjes in de buurt gaan ze elkaar verslinden.

'Ik weet niet of ik het weekend wel doorkom zonder een glimp op te vangen van Tinsleys korte rokje. Dat zie ik liever dan een pornofilm.' Ryan stopte een heel chocolatechip-koekje in zijn mond.

'Stel je voor, al die sexy meiden opgesloten met ons bier...' Heath sloeg zichzelf tegen zijn voorhoofd. 'Dat kan toch niet? We moeten daar gewoon naar binnen zien te komen.'

'En hoe wilde je dat voor elkaar krijgen?' vroeg Julian. Het was alsof de jongens al waren vergeten dat hij een onderbouwer was; ze hadden hem opgenomen in hun midden. Normaal gesproken moest een onderbouwer die met de oudere jongens wilde omgaan, de was voor hen doen of hun van hasj voorzien. Maar Julian was cool. Iedereen wilde dat hij in hun basketbalteam kwam, en daarom vergaven ze het hem dat hij nog zo jong was. 'We kunnen moeilijk gewoon aankloppen.'

'Wacht eens! WACHT EENS!' Heath sprong op, waardoor er water uit zijn glas over Brandons half opgegeten broodje klotste. 'De tunnels! Bestaan die echt? Weet iemand dat?'

'Welke tunnels?' Gretig boog Julian zich over de tafel. Over tunnels had hij nog niets gehoord.

Alan streek over zijn ongeschoren kin. Het voelde aan als een Brillo-zeepsponsje. 'Ik dacht dat dat maar geruchten waren.'

'Nee, die tunnels bestaan echt.' Brandon pakte zijn doorweekte broodje en legde dat op Heath' dienblad. 'Tijdens de Koude Oorlog zijn die gemaakt om van de woonhuizen naar de lokalen te kunnen komen en andersom.'

'Het had niets met oorlog te maken. Ze zijn er zodat de leerlingen geen last hoeven te hebben van dat kutweer hier.' Het was de eerste keer dat Easy iets zei, want hij had het te druk gehad met kippenpoten kluiven om iets bij te dragen aan het gesprek.

O ja, meneer de expert op tunnelgebied, dacht Brandon. 'Nou ja, ze zijn toch al jarenlang afgesloten.'

'Jawel, maar mijn broers vertelden wel eens dat ze er toch in kwamen om bier te drinken.' Easy haalde zijn schouders op. De kraag van zijn smoezelige witte poloshirt liet bij de zoom los. 'Dus moet er een manier zijn om erin te komen.'

'Dus je kunt naar je Jenny toe?' Ryan goot een half glas Sprite in zijn sinaasappelsap en roerde erin met een lepel. 'Als ik naar zo'n stoot van een meid kon gaan, zou ik alles op alles zetten.'

'De enige stoot die jij krijgt, is een stoot met een elleboog.'

'Dames, alsjeblieft.' Heath stond op. 'Snappen jullie het dan niet? We moeten samenwerken om een hoger doel te bereiken.'

Brandon keek geërgerd. Heath deed altijd alsof hij zo'n superheld uit een stripboek was. Alsof het leven al niet moeilijk genoeg was. Hoewel Brandon wel graag over röntgenogen zou willen beschikken om dwars door de kleren van de meisjes te kunnen zien.

'Hoe dan ook,' grauwde Ryan, 'ik doe mee.'

Easy wierp zijn verfrommelde servetje op Ryans dienblad bij wijze van zoenoffer. 'Nou, laten we dan eens goed nadenken... Hoe komen we erachter waar die tunnels überhaupt zijn?'

'Teamwork, dames, teamwork.' Heath sloeg met zijn vuist op tafel. 'We gaan allemaal apart zoeken. Iemand zoekt in de bibliotheek, iemand anders in Maxwell Hall, weer iemand anders in het tekenlokaal of in Lasell. Nou ja, overal. Elke steen moet worden gekeerd, elke deur en elk luik geopend!' Hij deed net alsof hij professor Xavier was die een inspirerende toespraak hield voor de X-men voordat ze ten strijde trokken.

'En als het nou op slot is?' vroeg Brandon.

'Hè?'

'Nou, als die deur op slot zit. Wat dan?'

Heath keek naar zijn kamergenoot alsof Brandon een kleuter was die met een wel heel domme vraag op de proppen kwam. 'Dan doen we net als in *Oceans 11* en forceren we dat slot.'

En omdat de meisjes er niet waren, moesten ze maar haarspelden in een winkel jatten.

Aan: JennyHumphrey@waverly.edu
Van: EasyWalsh@waverly.edu
Datum: zaterdag 5 oktober, 13:12
Onderwerp: Picknick

Jenny,

Ik mis je. Maar vrees niet, de geweldige Heath Ferro heeft iets bedacht. We gaan proberen Dumbarton binnen te glippen. Dan hebben we ons eetafspraakje in jouw kamer in plaats van in het bos.

Liefs,

E

CallieVernon: Zeg, Walsh, wil je je vader bedanken voor het heerlijke diner?

EasyWalsh: Hij zou het waarschijnlijk zeer waarderen als je hem zelf een mailtje stuurde. Je weet toch dat hij verliefd op je is?

CallieVernon: Ha ha. Ja, het was verrassend tof. J.L. Walsh is net wijn; hoe ouder, hoe beter.

EasyWalsh: Hangt ervan af wat je met 'beter' bedoelt. In elk geval heeft niemand met het eten gegooid.

CallieVernon: Kom je vanavond nog met de andere jongens hiernaartoe? Ik hoor dat jullie al stiekem iets hebben bedacht.

EasyWalsh: Ferro is onze leider zonder vrees of blaam, dus nu weet je dat we in goede handen zijn.

CallieVernon: Nou, als jullie maar komen. We kleden ons op ons mooist, in de hoop dat er een stelletje koene ridders de deur zal openbreken.

EasyWalsh: Eh... we doen ons best.

15

Een Waverly Owl kent de meisjes in haar 'huis', ze zouden nog eens van pas kunnen komen

Nadat er voor de lunch lekkere dingetjes waren bezorgd (croissants met kalkoen en havarti, en crackers met portobello en geitenkaas) vond de keuken het zeker wel mooi geweest, want de meisjes kregen te horen dat ze voor het avondeten dozen met pizza zouden krijgen. Niemand leek dat erg te vinden. Tinsley at zelfs het liefst pizza voorafgaand aan een drankovergoten avond. Koolhydraten en kaas bereiden de maag het beste voor op veel alcohol.

De hele middag hadden de meisjes de deur van hun kamer — en van hun kast — openstaan, en iedereen dwaalde van kamer naar kamer en snuffelde tussen kleertjes die niet eens in hun maat waren, gewoon voor het geval er iets heel bijzonders tussen hing.

Tinsley had in de kasten van Benny, Sage en Celine gekeken, en die van Callie kende ze op haar duimpje. Maar alles leek saai. Conventioneel, niet verrassend. Haar eigen klerenkast was door vele meisjes geplunderd. Dat vond ze best, als ze zelf ook maar iets leuks kreeg.

Brett kwam naar binnen stormen met een smaragdgroen chiffon kledingstuk over haar arm. Ze keek niet eens naar Tinsley toen ze het jurkje op bed gooide. Nadat ze haar stereo van Harmon Kardon had aangezet, vulden de klanken van Fleetwood Mac het vertrek. Brett had echt een stomme smaak op muziekgebied. Wie hield er nou van muziek uit de jaren zeventig behalve mensen die toen leefden?

Met een vernietigende blik op Brett liep Tinsley de kamer uit. Ze sloeg de deur achter zich dicht en slaakte een zucht. Het was half zes. Als het de jongens lukte een manier te bedenken om naar binnen te glippen, zouden ze hier over een paar uur zijn. Ze kon maar beter even naar het bier gaan kijken. Waarschijnlijk konden de fusten nog wel een beetje ijs gebruiken. Nog nooit had de ijsmachine in de kelder van Dumbarton zo belangrijk geleken.

De enige deur op de gang die dicht was, was die van Kara. Tinsley klopte even voordat ze aan de deurknop draaide. Kara zat aan haar bureau over de boeken gebogen.

'Hallo,' zei Tinsley.

Met een ruk draaide Kara zich om. 'O... hoi.' Ze leek niet blij te zijn om Tinsley hier te zien.

Alsjeblieft zeg. Tinsley verleende dit meisje verdomme een gunst dat ze de verfrissingen voor het feest op haar kamer mocht hebben. Voorheen had niemand geweten wie ze was. Ze kon op zijn minst een beetje dankbaar zijn.

'Ik wilde even naar de fusten kijken. Je vindt het toch niet erg dat we die hier laten, hè?' Tinsley keek om zich heen in de keurig opgeruimde kamer. 'Het is hier zo netjes. Niemand zou jou ergens van verdenken.'

Kara legde haar arm op de rugleuning van haar stoel. Ze droeg nog steeds dat T-shirt van Bob Dylan. 'Je doet maar.' Ze keek met haar groenbruine ogen recht in de viooltjesblauwe van Tinsley.

Tinsley knielde voor het bed en tilde de sprei een beetje op. Vervolgens drukte ze haar hand tegen het metaal van het fust. Koel. Ze stond weer op. Oké, misschien kon ze wel een beetje aardiger tegen dit meisje zijn. Per slot van rekening had ze haar niets gevraagd toen ze de fusten op haar kamer verstopte.

'Waarom trek je niet iets anders aan?' vroeg Tinsley. 'Je komt toch wel op het feest?'

'Nou...'

'Kom op, zeg!' Toen zag ze de open deur van Kara's kast. Als een echte shopaholic vielen haar de felle kleuren en dure stoffen op. Wacht eens, van wie waren al deze kleren? Had het meisje dat altijd zwart droeg een kast vol met geweldige spullen? In twee stappen stond Tinsley voor de kast en trok ze een schitterende oudroze jurk eruit, met een taille met plooitjes en een wijde rok. De jurk zag eruit als iets uit de jaren twintig. Ze hield hem voor zich. 'Hoe kom je hieraan?' vroeg ze terwijl ze haar hand al gretig uitstak naar al het andere moois.

Kara duwde haar stoel achteruit. De poten piepten over de houten vloer. Verlegen liep ze naar Tinsley toe.

Tinsley wist veel over lichaamstaal, en ze zag aan Kara dat die haar niet vertrouwde. Tinsley bekeek haar eens goed. Kara was zo'n meisje van wie je pas beseft dat ze mooi is als je een poosje naar haar hebt gekeken en plotseling de puzzelstukjes op hun plaats vallen. Ze had steil schouderlang haar van een soort honingbruin, en ze was klein van stuk met welvingen op de juiste plaats. Haar gezicht was nog een beetje mollig, maar daar kon je met make-up veel aan doen. Ze had prachtige groenig bruine ogen die ver uit elkaar stonden. Zulke ogen waren verspild aan iemand die niet met eyeliner overweg kon.

'Ik heb ze van mijn moeder gekregen.' Kara keek toe terwijl Tinsley een witsatijnen matrozenbroek uit de kast haalde en naar het label keek. Frannie Oz. 'Mijn moeder is modeontwerper.'

Tinsleys mond viel open. 'Meen je dat? Heeft zij deze kleren gemaakt? Wat ben jij een bofkont.'

Kara haalde haar schouders op, zich er kennelijk niet van bewust dat haar kast een ware goudmijn was. 'Dit jaar was ze wel erg gul. Ze heeft me alle modellen voor de lente gestuurd.'

Tinsley draaide zich naar Kara om en wreef over haar voorhoofd. 'Maar waarom draag je ze dan niet?' Ze wilde liever geen kritiek leveren op het Bob Dylan-T-shirt en de zwarte spijkerbroek. Sommige meisjes waren veel te overgevoelig. Maar dit meisje had zo'n lief gezichtje dat al dat zwart nogal overweldigend was.

'Ik weet het niet.' Met een zucht streek Kara door haar rommelige, in laagjes geknipte haar.

Ze zou eens naar de kapper moeten, vond Tinsley. Met goed geknipt kort haar zou haar gezicht veel minder mollig lijken.

'Ik weet niet eens of ze me wel passen,' ging Kara verder.

Het meisje was duidelijk niet goed bij haar hoofd. 'Dan moet je ze passen, suffie.' Tinsley haalde een wikkeljurk uit de kast. De jurk was vaal oranje en had spaghettibandjes, een ongelijke zoom en een heel teer paisley-motiefje. Er zat zelfs een beetje zwart in; echt iets voor Kara. Ze drukte de jurk in Kara's handen. 'Hier.'

'Die jurk past niet bij me... Ik zie er vast niet in uit.'

'Doe mij een lol en pas hem even.' Tinsley draaide het meisje discreet de rug toe en neusde verder in de kast. Er waren echt heel toffe spulletjes. Tinsley kende dit merk niet, maar voortaan zou ze haar ogen goed openhouden. De ontwerpen hadden iets ouderwets, en door de funky motiefjes kreeg Tinsley het gevoel dat ze in een volslagen onbekende boetiek was beland. Jammer dat Kara's moeder niet in deze kamer woonde... Tinsley zou haar meteen hebben ingehuurd om een paar leuke dingetjes op maat voor haar te maken. 'Als je iets nooit hebt gedragen, is het ook geen lenen.'

Er volgde een ongemakkelijke stilte. Tinsley hoorde geritsel terwijl Kara de jurk paste. 'Klaar?' vroeg Tinsley uiteindelijk. Ze draaide zich om.

Kara stond midden in de kamer aan de strakke jurk te trekken die haar perfect paste. De rok viel in plooien tot net boven de knieën, en de diepe V-hals liet een klein beetje van Kara's welvingen zien. 'Hij zit zo strak. Ik voel me net een tippelaarster.'

Tinsley giechelde. 'Nou weet ik pas echt dat je niet goed bij je hoofd bent.' Ze liep naar Kara toe en stopte het label terug in de jurk. 'Je ziet er sexy uit. Je moet nu niet meer iets anders aantrekken, hoor. Dit is wat je vanavond aan hebt.'

Weer slaakte Kara een diepe zucht. 'Eh... bedankt.' Ze keek verrast toen ze zichzelf in de spiegel op de deur zag. 'Maar nu moet ik ook een beetje make-up op, toch?'

'Als je het doet, moet je het ook goed doen.'

'Ja...'

'Waarom kom je niet even mee naar mijn kamer?' bood Tinsley gul aan. Ze hield nog steeds de jurk van roze chiffon vast die leek op een peignoir zoals Maggie ze droeg in *Cat on a Hot Tin Roof*. 'Ken je Brett? Ik bedoel, je bent hier toch nieuw?'

'Eigenlijk niet.' Kara kreeg een kleur als een boei. 'Ik bedoel, ik ken Brett niet echt.' Ze schraapte haar keel en trok de hals van haar jurk hoger. 'Misschien kom ik straks even. Ik weet nog niet welke schoenen ik aan moet.'

Tinsley hield de jurk in haar handen op. 'Mag ik deze eens passen?' Kara was gevulder dan zij, maar de jurk ging met een strik dicht.

Kara maakte een wegwuivend gebaar. 'Ga je gang.'

Tinsley glimlachte. Dat hoefde ze geen twee keer te zeggen.

Toen Tinsley de gang op liep, zag ze Callie met geheven vuist staan, op het punt om op de deur van Tinsleys en Bretts kamer te kloppen. Haar haar was nog vochtig na het douchen, en ze had een dikke witte handdoek om zich heen geslagen. 'Is de pizza er al?' vroeg ze met fonkelende ogen.

Callie moest echt erge honger hebben als ze vroeg of het eten er al was. Meestal deed ze alsof ze geen voedsel nodig had. Maar... Callie keek ook erg ondeugend.

Tinsley lachte naar haar vriendin. 'Ik ruik wel iets. Kom op, we eten een paar punten.'

'Wil jij een paar punten mee naar boven nemen? Dan maken we elkaar in mijn kamer op. Volgens mij wil Jenny dat in jouw kamer met Brett doen.'

Meteen vergat Tinsley dat ze had afgesproken Kara te helpen met haar make-up. Ze knikte en zei: 'Tuurlijk.'

Aan:	HeathFerro@waverly.edu;
	AlanStGirard@waverly.edu;
	EasyWalsh@waverly.edu;
	RyanReynolds@waverly.edu;
	JulianMcCafferty@waverly.edu;
	LonBaruzza@waverly.edu
Van:	BrandonBuchanan@waverly.edu
Datum:	zaterdag 5 oktober, 17:47
Onderwerp:	Tunnel naar het paradijs

Heren,

Probleem opgelost. We kunnen erin.

Zorg dat je om 19.25 uur in Lasell bent, in de jongenskleedkamer. Wees voorbereid op een tocht onder de grond. Sluip-sluip. Kom niet te laat. En als iemand een helm met een lamp erop heeft, neem die dan mee.

B

Aan: BrettMesserschmidt@waverly.edu
Van: BennyCunningham@waverly.edu
Datum: zaterdag 5 oktober, 18:00
Onderwerp: Wie het kleine niet eert

Terwijl ik in mijn kamer was en me suf verveelde en vreselijk depri werd omdat ik niet naar de stad kon om al die leuke kleertjes te kopen, kreeg ik ineens een geweldige inval: een Owl met verantwoordelijkheidsgevoel moet blij zijn dat ze niet in de verleiding kan komen omdat ze toch opgesloten zit. Dat ik mijn portemonnee niet kon trekken, kwam achteraf ontzettend goed uit, want als je erover nadenkt, heb ik vijfhonderd dollar uitgespaard door niet een paar truitjes te kopen die ik toch maar één keertje draag. En die vijfhonderd dollar kan ik nu voor andere dingen gebruiken, nuttige dingen, uiteraard.

Ik heb uitgerekend dat ik er honderdvijfentwintig flessen Absolut-wodka van kan kopen. Had ik al gezegd dat je geweldig goed leert rekenen wanneer je de hele dag binnen moet zitten? Het was een verhelderend moment.

Proost!

Benny

Aan: BrettMesserschmidt@waverly.edu
Van: JennyHumphrey@waverly.edu
Datum: zaterdag 5 oktober, 18:17
Onderwerp: Kop op!

Brett,

Kop op, meisje! Vanavond is het feest!

Ik vind overal in mijn kamer haarelastiekjes, net alsof iemand het blikje heeft omgekieperd. Gek, hè? Een Owl met verantwoordelijkheidsgevoel zijn betekent dat je je kamergenote niet om zeep brengt, ook al haalt ze je het bloed onder de nagels vandaan.

Zeg, trek jij die groene jurk van Rifat aan? Zullen we ons samen klaarmaken voor het feest? Ergens waar onze kamergenoten niet zijn?

Tot zo!

Jenny

Een beleefde Owl klopt op de deur voordat ze binnenkomt

Brett lag op bed, gekleed in het smaragdgroene ABS-halter-jurkje van Rifat, en las *Catcher in the Rye*. Ze zag eruit als een film-ster. Eigenlijk was ze klaar voor het feest, maar na het snuffelen in de kasten van tientallen meisjes, het vinden van geweldige jurken en het lenen van heel toffe goudkleurige Giuseppe Zanotti-sandaaltjes met kruisbandjes om de kuiten, had ze geen puf meer voor een feest. Ze wilde eigenlijk alleen maar bij Jeremiah zijn.

Ze had die ochtend niets van hem gehoord, maar ze had haar wekkerradio afgestemd op de zender van het St. Lucius en geluisterd naar het verslag van de wedstrijd. De commentato-ren — leerlingen van het St. Lucius — hadden duidelijk allebei een hoge pet op van Jeremiah. Af en toe moest Brett giechelen, want Jeremiah deed vreselijk zijn best, alsof hij de wereld van de ondergang moest redden in plaats van gewoon achter een bal aan rennen. In de laatste seconden was Jeremiah hele-maal alleen ervandoor gegaan en had met een touchdown de wedstrijd beslist. De commentatoren gingen volledig uit hun dak, en de cheerleaders waren waarschijnlijk zwaaiend met hun pompoms het veld op gestormd.

Zucht.

Maar door *Catcher in the Rye* ging haar humeur er altijd een beetje op vooruit. Brett was dol op het boek, vooral op de eer-ste hoofdstukken. Holden Caulfield zat vreselijk met zichzelf in de knoop, en hij was zo misplaatst op zijn dure school. Brett dacht wel eens dat ze stiekem een beetje verliefd op hem was. Holden zei ergens in het boek dat als hij een boek uit had, hij altijd de auteur wilde bellen. En dat wilde Brett ook altijd doen als ze iets van Salinger of Dorothy Parker had gelezen. Ze zou Salinger willen bellen om hem te vertellen dat ze zich soms net zo voelde als Holden, maar dat zij het beter wist te verbergen.

Doordat er zachtjes op de deur werd geklopt schrok Brett op uit haar dagdromerijen. 'Binnen!' riep ze.

De deur ging op een kiertje open en Kara keek om het hoekje. Ze zag er prachtig uit in een strakke oranje jurk. 'O, je leest... Ik wil je niet storen,' zei ze verlegen. 'Maar... Tinsley had gezegd dat ik kon komen. Ze wilde me helpen met opmaken.' Ze keek om zich heen. 'Ik zie dat ze er niet is.'

Brett sloeg het boek dicht en legde het naast zich op bed. 'Ik denk dat ze bij Callie is, maar ik kan je ook wel helpen.' Ze stond op. 'Ik ben echter geen Tinsley,' voegde ze er waarschuwend aan toe.

Kara beet op haar lip. 'Misschien is dat wel niet zo erg,' zei ze met een nerveus lachje.

Brett giechelde. 'Oké.'

Kara's blik viel op het boek. 'O, dat boek is geweldig. Lees je dat voor Engels?'

'Nee.' Brett keek naar het boek met de mooie witte omslag waar alleen in zwarte letters de titel op stond, en een soort regenboog in de hoek. De omslag vond ze ook prachtig. 'Ik lees het altijd wanneer ik depri ben.'

Kara knikte begrijpend en keek Brett met haar groenbruine ogen meelevend aan. 'Holden is zo'n zielenpiet,' zei ze vertederd. 'Als je over hem leest, voel je je algauw beter.'

Precies. Brett begreep niet waarom ze dit meisje nog niet eerder beter had leren kennen. 'Mooie jurk trouwens.'

'Heb je het tegen mij?' vroeg Kara ongelovig. 'Jij ziet eruit als een filmster.'

'Niet als een komkommer?' Brett keek even naar haar jurk, en liep toen naar het blad met make-upspulletjes op haar kaptafel. Ze pakte de tube met concealer van Global Goddess en stak die naar Kara uit. 'Dit spul is echt geweldig.'

'Niemand zou jou aanzien voor een groente.'

'Dank je.' Kritisch keek Brett naar Kara's gezicht. Ze had een gave huid, mooie jukbeenderen en ongelooflijk lange wimpers. Ze gebruikte nooit make-up, dus zou het misschien leuk zijn haar een beetje meer kleur te geven. 'Hou je van lila oogschaduw?'

Tien minuten later stak Jenny haar hoofd om de deur. Ze ging gekleed in een strapless J. Crew-strandjurkje van een donkerbruine kleur, met aan haar voeten rode havaiana's. 'Dit kan toch nog wel in de herfst?' Haar haar hing in vochtige krulletjes over haar schouders. 'Deze jurk plet mijn tieten namelijk.' Ze stak haar borst naar voren. 'Vind je niet dat ze kleiner lijken?'

'Niet wanneer je zo gaat staan,' antwoordde Brett plagerig. Easy zou niet de enige zijn die zou gaan kwijlen bij het zien van Jenny. Ook al was de jurk niet echt bloot, toch zouden de jongens uit hun dak gaan door Jenny's blote schouders en het decolleté dat door de v-hals nog net zichtbaar was. Brett keek naar haar gezicht in de make-upspiegel en poetste een heel klein beetje Urban Decay Oil Slick weg bij haar ooghoeken.

Jenny bekeek de twee andere meisjes eens goed. 'Jullie zien er allebei geweldig uit.' Verlegen lachte ze naar Kara. 'Jij bent toch Kara? Volgens mij volgen we allebei de les modeltekenen.'

'Die les is helemaal top,' zei Kara enthousiast. 'Maar ik hoop dat ik niet gauw aan de beurt zal zijn om te poseren.'

'Als we dat in deze kleren konden doen, zou het leuk zijn.' Jenny draaide een rondje zodat de rok van haar jurk uitwaaierde.

'Ik denk dat ik maar iets anders ga aantrekken,' zei Kara. 'Deze jurk past niet bij me.'

'Maar daar gaat het nou net om bij het andermans kleren dragen. Dan ben je voor één avondje eens iemand anders,' zei Jenny. Ze keek in de spiegel en streek de krulletjes van haar voorhoofd, die ze vervolgens vastzette.

'Misschien wel.' Kara haalde haar schouders op. 'Maar ik vind het niet prettig om in de spiegel te kijken en mezelf niet te herkennen.'

Buiten klonk een vreemd toeterend geluid, een beetje zoals dat van de toeter die Brett vroeger op haar roze Huffy-fiets had gehad. De meisjes renden naar het raam en Brett schoof de blinden open.

'Wat was dat?' vroeg Jenny angstig. 'Het klonk alsof er iemand de pijp uitging. Zo'n geluid maken uilen toch nooit?'

'Alleen wanneer ze aan de crack zijn,' grapte Kara. 'Waarschijnlijk was het een gans.'

Brett keek naar buiten. Het begon al te schemeren, en ze zag niets dan struiken en bomen. Toen klonk weer dat geluid, deze keer van dichterbij. De meisjes maakten een sprongetje van schrik.

Met bonzend hart zette Brett het raam open en stak haar hoofd naar buiten. 'Jezus!' riep ze uit. Daar stond Jeremiah, helemaal in het zwart en met zwarte strepen onder zijn ogen. Hij zat half verstopt tussen de bakstenen muur van Dumbarton en een grote sering.

'Sst...' siste hij. Hij legde zijn handen op de vensterbank. 'Vraag je me niet binnen?'

Brett voelde zich een echte rebel toen ze giechelend een van Jeremiahs handen pakte en hem door het raam hielp. 'Hoor je niet met je ouders aan tafel te zitten?' vroeg ze opgetogen.

Jeremiah schudde zijn rode haar uit, waardoor er dennennaalden in het rond vlogen. 'We hebben heel vroeg gegeten.'

Hij keek naar de andere meisjes en wees toen op Jenny. 'Jij bent toch Jenny?'

'Ja.' Nerveus keek ze even naar Brett. 'Hoe weet je dat?'

'Je hebt fans.' Hij keek haar met die onweerstaanbare grijns van hem aan.

'O...' zei Jenny blozend.

Brett glimlachte. Jeremiah was een echte flirt. Het was fijn om een vriendje te hebben die op een andere school zat, want dat betekende dat Brett naar hartenlust onschuldig kon flirten met de jongens van school zonder bang te hoeven zijn dat Jeremiah erachter zou komen. Flirten maakte het leven de moeite waard. Het nadeel was natuurlijk dat Jeremiah dat op zíjn school ook allemaal kon doen.

'Ik ben blij dat je vanavond kon komen,' zei Jenny giechelend.

Brett gaf Jenny een por met haar elleboog. 'Dit is Kara.'

'Hoi, Kara. Leuk je te leren kennen. Ik ben Jeremiah.'

Brett lachte. Jeremiah was altijd beleefd, ook als zijn vingers groen zagen van het mos op de bomen.

'Ik vind het ook leuk om jou te leren kennen, Jeremiah.' Kara lachte terug en pakte toen Jenny bij de arm. 'Wij eh... we gingen net weg.'

'O! Ja, natuurlijk.' Jenny liep met Kara mee naar de deur en giechelend gingen ze de kamer uit. 'Maar we zien je wel op het feest, hè?'

'We komen strakjes,' antwoordde Brett. Haar oren gonsden. De hele dag had ze er bijna niet op durven hopen dat Jeremiah toch nog stiekem zou komen. Ze wilde liever niet dat hij problemen kreeg, maar ze moest nu eenmaal aldoor aan hem denken. Zodra de deur dicht was, sloeg ze haar armen om hem heen en drukte kusjes op zijn gezicht, ervoor oppassend niet aan dat zwarte spul te komen.

'Hé, wacht eens even.' Jeremiah streelde Bretts rug. 'Eerst

wil ik even naar je kijken. Je ziet er geweldig uit.' Hij zette een stapje achteruit en keek waarderend naar haar. Brett werd er warm van. 'Wauw.'

'Ik hou wel van een man die aan een paar woorden genoeg heeft.' Brett trok hem weer tegen zich aan, en deze keer zoenden ze elkaar echt. Hun lichamen leken met elkaar te versmelten. 'Gefeliciteerd met de wedstrijd. Ik heb naar de radio geluisterd.'

'O, ja?' Jeremiah bracht zijn hand naar Bretts nek en begon die zachtjes te masseren, precies zoals ze het prettig vond. 'Dat was lief van je.'

'Mm.' Brett legde haar hoofd tegen zijn borst en ademde diep in. Hij rook naar dennen, deodorant en AXE-aftershave. Het was heerlijk hem hier te hebben na de hele dag naar hem te hebben verlangd. Brett had het gevoel alsof het allemaal een droom was. Zonder erbij na te denken maakte ze het bovenste knoopje van zijn Ralph Lauren-overhemd los.

'Schatje, wat doe je?' fluisterde Jeremiah in haar oor. Het klonk niet erg bang.

'Ik kan er niets aan doen...' Brett maakte de volgende knoopjes sneller open, want ze werd helemaal wild van de aanblik van zijn naakte borst. Maar wat waren er veel knoopjes! 'Ik heb verschrikkelijk naar je verlangd.' Eindelijk had ze zijn overhemd open, en toen zag ze met grote rode letters op zijn borst geschreven staan: GANZEN VOORUIT, de yell van het St. Lucius.

'O...' Jeremiah grijnsde schaapachtig. 'Eh... Nou ja, we hebben dat allemaal op onze borst geschreven. We dachten dat het er onder de douche wel af zou gaan.' Hij voelde er even aan.

'Meen je dat nou?' Zelfs met die rare kreet op zijn borst was hij sexy. Ze boog haar hoofd een beetje en drukte haar lippen op de grote G terwijl ze ondertussen het overhemd van zijn schouders trok. Misschien was dit zoiets intiems dat ze het zich later altijd zouden herinneren; de eerste keer dat ze het hadden gedaan, had er met grote rode letters op zijn borst gestaan: GANZEN VOORUIT. Eigenlijk was dat best romantisch.

Maar net toen ze Jeremiah naar het bed wilde duwen, ging de deur open. Tinsley kwam binnen, gehuld in een roze jurkje met vloeiende lijnen en met een dubbel snoer parels om haar hals, net zulke parels als Brett had willen dragen tijdens het etentje met Jeremiahs ouders.

'O... Jeremiah, jou had ik hier niet verwacht,' zei Tinsley. Het klonk alsof ze ervan uitging dat ze Brett hier met een ander zou aantreffen.

Aangezien het nog maar een paar weken geleden was dat Brett stiekem naar Eric Daltons zeilboot was geslopen, stak haar dat. Bitch dat je er bent, dacht ze. Waarom liet Tinsley nooit eens iets rusten?

Jeremiah keek Brett aan, en in zijn blauwgroene ogen zag ze een spoortje verdriet omdat Tinsley hem eraan had herinnerd dat Brett hem nog niet zolang geleden wreed had gedumpt.

Brett wreef over Jeremiahs blote rug, maar hij bukte om zijn overhemd op te rapen, drukte gehaast een kusje op haar wang en fluisterde: 'Straks.'

Tinsley liep langs de halfnaakte Jeremiah heen en lachte hem sprankelend toe. 'Gefeliciteerd met jullie overwinning. Ik hoorde dat het een prima wedstrijd was.'

'Dank je, Tinsley.'

Met een woedende blik keek Brett naar Tinsley, die tussen de spullen op haar bureau zocht en toen haar zwarte mobieltje pakte. Ondertussen neuriede ze.

'Blijven jullie de hele avond hier?' vroeg Tinsley. Ze keek Brett strak aan, net alsof ze niet al twee weken geen woord meer met elkaar wisselden. Tinsley wilde nooit laten merken dat ze een echte bitch was waar leden van het andere geslacht bij waren.

'Nee, we gaan hier nog weg. Maak je maar geen zorgen,' antwoordde Brett, en ze probeerde niet kattig te klinken.

Jeremiah trok zijn overhemd aan.

'Mooi zo,' zei Tinsley. Ze liet de deur openstaan toen ze wegging. 'Ik zou niet willen dat jullie iets moesten missen.'

Een Waverly Owl weet wanneer ze iets
vertrouwelijks tegen haar kamergenote
kan zeggen en wanneer ze beter haar
mond kan houden

Op de trap naar de tweede verdieping drukte Jenny zich tegen de muur zodat Celine Colista en Verena Arneval konden passeren. De twee meisjes deelden kamer 309. Verena, die Jenny nooit anders had gezien dan in elegante jurken en op hoge hakken, zag er nu uit als een meisje uit een nachtclub, met een strakke zwarte leren broek aan en een wit Badgley Mischka-haltertopje dat was geïnspireerd op een smoking. Celine, die altijd strakke kleren droeg, zag er chic uit in een turquoise overhemdjurk met lange mouwen, en op roomkleurige ballerina's.

'Hoi, Jenny. Mijn jurk staat je geweldig,' zei Verena terwijl ze giechelend met Celine de trap af rende. 'Maar je gaat de verkeerde kant op! Het feest is in de lobby!'

Jenny was niet gewend aan strapless jurken. Ze had altijd gedacht dat die van haar grote tieten zouden glijden, zodat iedereen kon zien hoe enorm ze waren. Maar de vorige week had ze voor veel geld een strapless beha gekocht die beloofde te steunen en te verkleinen. Het leek inderdaad te werken. Jenny voelde zich zelfs sexy. 'Eh… ik moet mijn tanden nog poetsen.' Slecht op haar gemak lachte Jenny naar de twee meisjes, die gearmd verder liepen.

Plotseling speet het Jenny verschrikkelijk dat ze geen kamer meer deelde met Brett. Het speet haar ook dat Callie haar vriendin niet meer was. Niet dat Callie ooit een echte vriendin was geweest... Vanaf het begin had Callie haar alleen maar getolereerd, totdat ze Jenny opeens kon gebruiken, en zelfs toen deed ze niet echt aardig tegen haar. Maar dat kon Jenny niet schelen. Ze wist dat Callie niet zo'n kil meisje was als Tinsley, en ze dacht dat ze best vriendinnen hadden kunnen worden als Easy niet tussen hen in was gekomen. Was het erg naïef om te hopen dat Callie er ooit overheen zou komen?

Eenmaal in haar kamer voelde Jenny zich nog eenzamer, terwijl ze niet eens alleen was. Callie stond voor de spiegel mascara op te doen. Een spijkerbroek van Rock & Republic hing losjes om haar heupen, alsof ze bij niemand kleren had kunnen vinden in een maat die klein genoeg voor haar was. De broek zat dan wel te wijd om haar nauwelijks meer bestaande billen, maar toch zag ze er geweldig uit. Erop droeg ze een teer wit blouseje met rozenknopjes erop, een modelletje van Betsey Johnson, en haar haar had ze in twee korte staartjes gedaan.

Callie draaide zich om met het mascaraborsteltje in haar hand. Ze had olijfkleurige eyeliner op, en haar lippen glansden van de lipgloss. Ze was het toonbeeld van een Californisch meisje: mager, natuurlijk en speels. Ze had er nog nooit zo leuk uitgezien.

Nerveus lachte ze naar Jenny. 'Je vindt het toch niet gek dat ik in spijkerbroek ga?' Ze friemelde aan de rits om die plat te krijgen. 'Ik weet best dat iedereen in avondjurk gaat en er chic uitziet... Net als jij,' voegde ze eraan toe. 'Maar deze broek is van Ashleigh, het meisje dat verderop in de gang een kamer heeft, weet je wel? En hij zit zo lekker.' Ze zweeg even om op adem te komen.

Wauw, dacht Jenny, na al die dagen van zwijgen heeft Callie eindelijk iets tegen me gezegd. Die kans liet ze niet liggen. 'Je ziet er prachtig uit,' zei ze, en ze meende elk woord. 'Je lijkt net Cameron Diaz.'

'Nou, ik ben blij dat ik niet net zoals zij last van acne heb,' reageerde Callie schamper. Ze pakte een gouden bedelarmband van haar kaptafel en keek toen achterom naar Jenny.

'Heeft Cameron Diaz last van puistjes?' vroeg Jenny nieuwsgierig.

'Wist je dat niet?' Dat leek Callie te verbazen, alsof iedereen werd geacht op de hoogte van Camerons huidproblemen te zijn. 'Het is vast hartstikke rot voor haar. Als ze zich ergens druk over maakt, komt haar hele gezicht onder te zitten.' Ze draaide een potje lipgloss open. 'Daarom woont ze nooit premières bij.'

'O.' Jenny was dankbaar dat in haar familie iedereen over een gave huid beschikte. Het moest echt rot zijn om niet naar premières te kunnen, vooral als je beroemd was.

'Gaat het goed met je?' Callie keek weer achterom. 'Je bent zo stilletjes.'

Had Callie Vernon daarnet gevraagd hoe het met haar ging? Twee uur geleden had ze nog geweigerd een woord met haar te wisselen, en nu roddelde ze over beroemdheden en deed ze bezorgd omdat Jenny stilletjes was. Misschien was dat de manier waarop Callie iets verwerkte; op een dag werd ze wakker en dan was het zand erover. Of misschien had ze een ander leren kennen?

'Eh...' zei Jenny.

'Is er iets met Easy?' vroeg Callie zacht. Ze knielde bij de stapel schoenendozen en zocht iets uit. Ondertussen beet ze op haar lip. 'Luister, het spijt me dat ik zo rot tegen je deed.' Ze keek op, en tot Jenny's verbazing bloosde ze. 'Het waren rare tijden.'

'Zeg, je hoeft er niets over te zeggen, hoor.' Jenny moest even iets wegslikken. 'Ik begrijp het volkomen.' Ze kon aan

Callie zien dat ze het moeilijk vond om haar excuses aan te bieden. De laatste weken waren zwaar geweest, maar Jenny had troost kunnen putten uit het feit dat Easy haar vriendje was. Ze kon het zich veroorloven om ruimhartig te zijn. 'Heus waar.'

Callie keek even met een ondoorgrondelijke blik op naar Jenny, vervolgens grijnsde ze. 'Oké.' Ze haalde een Calvin Klein-sandaaltje met gouden enkelbandje uit een doos. 'Vind je dit te opzichtig?'

Jenny hield haar hoofd schuin. 'Nee. Ze staan vast heel goed bij die spijkerbroek.'

Callie liet zich op haar bed ploffen en trok de schoenen aan. 'Je kunt best iets tegen me zeggen, hoor. Ik bijt niet.'

Ineens werd Jenny overspoeld door warme gevoelens voor haar kamergenote, en ze kreeg de behoefte Callie alles te vertellen. 'Weet je, hij zei dat hij vanavond zou proberen stiekem te komen. Maar ik heb de hele dag nog niks van hem gehoord.'

Callie knikte meelevend. 'Echt iets voor hem. Hij heeft me ook vaak laten zitten, of dan kwam hij een uur te laat. Heel irritant.'

'Het is prettig om te weten waar je aan toe bent.'

'Ja. Maar hij heeft heel strenge ouders. Hij moest altijd vertellen waar hij was, waar hij naartoe ging en wanneer hij terug zou zijn.' Ze stak haar rechtervoet uit en bewoog die heen en weer, zodat ze die van alle kanten kon bekijken. 'Toen hij op school kwam, kon hij daar denk ik niet meer tegen. En nu kan hij niet meer op tijd komen of anderen laten weten waar hij uithangt.'

'O.' Door dat antwoord werd ze eraan herinnerd dat Callie en Easy lang verkering hadden gehad. Het was net zoiets als een kies die getrokken moest worden. De kies zelf is maar klein, maar eronder zitten de veel grotere wortels. Jenny en Easy moesten elkaar nog echt leren kennen, maar Callie had een stuk langer deel uitgemaakt van zijn leven. 'Dat wist ik niet.'

'Hij komt vast wel,' zei Callie. Ze zei er niet bij dat Easy haar een berichtje had gestuurd dat hij vanavond zou komen. 'Hij komt er heus wel in.' Easy zou de kans niet aan zich laten voorbijgaan om het meisjeshuis binnen te glippen terwijl de meisjes huisarrest hadden. Toch?

Jenny maakte haar Sephora-toilettas open en legde haar make-upspulletjes op een rijtje. Onder Callies toeziend oog verdeelde ze een beetje blusher van Benefit Dandelion over haar wangen zodat ze er nog stralender uitzag dan gewoonlijk.

Callie dacht dat Jenny er in die donkerbruine strapless jurk van chiffon en met haar wilde krullen uitzag als een meisje dat zich blootsvoets door een bloemenwei beweegt en niet bang is om op insecten te stappen. Met andere woorden, ze zag eruit als een meisje op wie Easy verliefd zou kunnen worden.

'Je hebt gelijk. Ik kan me niet voorstellen dat Heath ons allemaal in onze mooiste kleren zijn bier zou laten opzuipen zonder dat hij er zelf bij is.'

Jenny deed één oog dicht en bracht mascara aan op haar toch al lange wimpers. In een refelex ging daarbij haar mond vanzelf open. Ze stak haar hand uit naar het Altoid-blikje waarin ze haar haarelastiekjes bewaarde, dat nu weer halfvol was.

Verdomme. Zou Jenny een vermoeden hebben dat Callie ze door de kamer had geschoten? Ineens voelde Callie zich een slecht mens, en niet alleen vanwege de haarelastiekjes. Jenny zag er zo onschuldig en kwetsbaar uit dat Callie spijt begon te krijgen dat ze de vorige avond met Easy en zijn vader uit eten was gegaan. Misschien was dat toch niet zo'n slimme zet geweest. Ze kreeg een nare smaak in haar mond, en ze vroeg zich af of ze het Jenny moest vertellen, nu ze weer gewoon met elkaar konden omgaan. Maar ze kón het niet. Ze had Easy gezegd dat ze dat niet zou doen, en ook al voelde ze zich er rot door, toch was het fijn om een geheimpje met hem te hebben.

'Ik denk dat ik even frisse lucht ga happen op het dak.' Ineens leek de kamer benauwd. Callie moest even bij Jenny uit de buurt, want omdat Jenny zo lief was, voelde zíj zich steeds schuldiger. 'Eh... Tot straks beneden.'

Callie deed de deur open en hoorde de klanken van de Red Hot Chili Peppers van beneden komen.

In elk geval waren er mensen die wel lol hadden.

Om precies vijf voor half acht, vijf minuten voordat iedereen binnen moest zijn, kwamen de jongens bij elkaar in de kleedkamer in Lasell. En daar wachtten ze af.

'Ik weet niet of ik dit wel moet doen,' zei Lon Baruzza terwijl hij de deur van de gymzaal op slot draaide en de lichten uit deed. 'Maar ik mis al die sexy meisjes.' Hij liet de sleutels rinkelen en grijnsde. 'Eigen schuld, dikke bult. Moeten ze me maar niet elke zaterdagavond de boel laten afsluiten.'

Brandon grinnikte. Hij voelde zich dapperder dan anders. Die middag was hij op de squashbaan bezig geweest zijn backhand te trainen toen Lon Baruzza langs was gekomen met een hele stapel handdoeken voor in de jongenskleedkamer. Overal waar Brandon keek, was Lon aan het werk: in de kantine, in de bibliotheek, in Maxwell. Hij deed allerlei klusjes omdat hij werkstudent was. Brandon bewonderde hem daarom. Op het Waverly waren maar weinig leerlingen die wisten wat het was om voor hun opleiding te werken. Maar deze keer had Brandon hem bewonderd vanwege iets heel anders: de enorme sleutelbos die aan een lus van Lons uitgewassen Abercrombie & Fitch-spijkerbroek had gehangen.

'Ik heb geen loper die op alle sloten past of zo,' had Lon gezegd toen Brandon hem ernaar had gevraagd. 'Dit zijn oude sleutels waarmee ik heel wat vreemde deuren kan openen. En ja, een daarvan past op de toegangsdeur in Lasell waardoor je in de tunnels kunt komen.' Hij had zijn schouders opgehaald.

'Hoe kon je dat verdomme geheimhouden?' Brandon had een zweetdruppel van zijn voorhoofd gewist.

'Nou, eigenlijk is het helemaal niet geheim.' Lon had trots gegrijnsd. 'Een paar meisjes weten het ook.' Lon viel goed in de smaak bij meisjes, maar hij was niet zo'n jongen die daarover opschept. En hij mailde ook geen lijsten naar zijn vrienden met de namen van meisjes met wie hij had gezoend. Met andere woorden, hij was geen Heath Ferro.

'Weet je hoe lang die tunnels zijn?'

'Ik ben er niet echt in geweest. Maar er zitten borden op de muur. Er zijn tunnels naar alle belangrijke gebouwen.'

'Ook de woonhuizen?'

Lon had geknikt. 'Ja, die ook.'

Bingo.

Brandon had het de groep via e-mail verteld, maar hij wist niet zeker wat er werd bedoeld met dat ze zich goed moesten voorbereiden. Misschien zaklantaarns en donkere kleding. Maar toen kwam Walsh aanzetten met een gele bouwhelm met een lamp erop.

'Grotonderzoek.' Easy haalde zijn schouders op en zette de helm op. Hij zag eruit als een mijnwerker. Als de meisjes erbij waren geweest, zouden ze zwijmelend hebben gezegd hoe leuk hij nu was. Ja hoor, wat was hij artistiek met die speleologenhelm op zijn hoofd... Brandon vond hem eerder een sukkel.

Alan St. Girard haalde een dik touw uit zijn tas en bond dat om zijn middel.

'Waar is dat nou weer voor?' vroeg Ryan Reynolds. Hij frunnikte aan zijn neusringetje en keek een beetje verlegen naar de penlight die hij had meegenomen.

'Voor het geval iemand ergens uit moet worden getrokken.'

'Hallo.' Heath Ferro stak zijn hand op. 'Niemand hoeft ergens uit te worden getrokken. Jezus!'

'Het zijn geen grotten, hoor.' Brandon trok een zwarte Armani-trui met v-hals over zijn vaal geworden Ben Sherman T-shirt aan. Even keek hij naar Julian, die voor zover Brandon kon zien een verrekijker om zijn nek had hangen. 'Verrekijker?'

'Een nachtkijker,' wees Julian hem terecht. Zijn haar dat anders om zijn gezicht slierde, piekte nu onder een gebreid zwart mutsje uit. Hij zag eruit als een erg lange Kurt Cobain. Misschien lag het aan Seattle.

'Laat eens zien?' Heath Ferro wilde de kijker pakken, maar Julian, die een kop groter was, hield de kijker in de lucht.

'Ik vertrouw jou niet met dure speeltjes.'

'Hoe kom je eraan?' vroeg Brandon nieuwsgierig. Die Julian was echt een raadsel.

'Van mijn moeder gekregen.' Hij hield de kijker voor zijn ogen en richtte hem op Brandon. 'Ze zat bij de CIA.'

'Echt waar?' Opgewonden sprong Ryan Reynolds op en neer. Iedereen wist dat *Alias* zijn lievelingsprogramma was.

'Nee.' Julian lachte.

'Rotzak,' mompelde Ryan.

Brandon tikte met zijn zwarte Camper-gympen ongeduldig op het linoleum van de vloer. 'Zijn we klaar? De meisjes zitten te wachten.'

Lon ging hen voor naar de kelder van de oude gymzaal, waar allerlei ouderwetse toestellen waren opgeslagen. Het vertrek had een laag plafond. Voor een tamelijk onopvallende deur bleef hij staan, vlak naast het rommelige kantoortje van de footballcoach. Hij zocht naar de juiste sleutel, stak die in het slot en draaide. Iedereen hield zijn adem in, behalve iemand die zachtjes zei: 'TadadedaDA!'

De deur zwaaide open.

'Goed gedaan, Lon. Kom op.' Heath klapte in zijn handen en haalde vervolgens een zaklantaarn uit zijn zak. Hij richtte die op de muur, waarop een soort plattegrond zat bevestigd. Toen het licht op de naam Dumbarton viel, zei hij: 'Dames, we komen eraan.'

Easy klikte de lamp op zijn helm aan. Brandon wilde het niet graag toegeven, maar het was heel prettig om zo veel licht te hebben. Tot Brandons opluchting was de tunnel breder en makkelijker om in te lopen dan hij had gevreesd. Hij leek helemaal niet op iets uit een boek van Edgar Allan Poe.

'Deze kant op.' Julian wees. Met zijn andere hand hield hij de nachtkijker voor zijn ogen.

Hoe kwam hij daar toch aan? Brandon begon zo langzamerhand te denken dat Julians moeder echt bij de CIA had gezeten.

'Jezus, wat gaaf!' riep Alan uit toen ze bij de eerste zijgang kwamen, die naar de bibliotheek ging. 'Waarom 's winters nog door de sneeuw baggeren als er hier een knusse en warme tunnel is?'

'Misschien was dat knusse en warme juist het probleem.' Brandon liet het licht van zijn zaklantaarn dwalen over de graffiti op de muur: Madison Oliver kan goed pijpen; Johnson is de beste; Taylor houdt voor altijd en eeuwig van Michael; Duran Duran rocks. Nou ja, Waverly Owls waren blijkbaar nooit erg inventief op graffitigebied geweest. Brandon lichtte nog een kreet uit: Marymount heeft een heel kleintje. Hij gaf Heath een por. 'Hé, jullie zijn zeker familie.'

Heath wierp hem een nijdige blik toe. Hij was nog kwaad over de yell die Jenny uit wraak over zijn edele delen had bedacht, bij de wedstrijd van een maand geleden. Hij griste het touw uit Alans hand en zwaaide ermee alsof het een lasso was. 'Geloof jij maar fijn alles wat je hoort, klojo. Waarschijnlijk heb jij het straks te druk met Callie uit haar slipje te praten, maar ik word weer de ster van de avond. Ja, alweer.'

Toen Brandon Callies naam hoorde, voelde hij niets. Dat

op zichzelf was al wereldschokkend. Zijn hart sloeg niet over, hij stelde zich haar niet voor in haar witte Shoshanna-bikini met de piepkleine kersjes, hij vroeg zich niet af welke jongen er op dat moment kwijlend naar haar zat te kijken. Heel raar.

En beangstigend. Want hij stelde zich Tinsley in die bikini voor.

'Ja, hoor.' Brandon probeerde zijn gedachten op een rijtje te zetten, maar hij bleef Tinsley maar voor zich zien. Sinds het etentje van de avond daarvoor had hij veel aan haar moeten denken, maar tot dusver had hij zichzelf ervan weten te overtuigen dat het door de schok kwam om haar als een normaal, alhoewel belachelijk flirterig menselijk wezen te hebben meegemaakt. Maar nu ze dichter bij Dumbarton kwamen, drong het tot hem door dat hij het nogal opwindend vond om haar weer te zien. Misschien had hij haar verkeerd beoordeeld. Misschien was ze geen monster, maar begreep niemand haar echt goed.

'Baby! Heb je haar nou nog niet uit je hoofd gezet?' zei Heath, die nog niet van het onderwerp Callie af wilde. Waarschijnlijk had hij het liefst dat Brandon haar helemaal nooit kon vergeten, want dan zou hij iets anders moeten verzinnen om Brandon mee te pesten.

'Laat hem met rust,' zei Easy achterom. Hij liep met Julian vooraan. 'Hij kan er niets aan doen. Callie is een toffe meid. Geen enkele jongen kan haar snel vergeten.'

De mond van de jongens vielen open. Geen enkele jongen kan haar snel vergeten? Bedoelde Easy daar zichzelf mee?

Brandon ergerde zich aan Easy, niet alleen omdat Easy voor hem opkwam – niet nodig, hoor klootzak – maar omdat hij zo sentimenteel over Callie deed. Misschien was Brandon achterdochtig en jaloers, maar zo te horen vond Easy haar nog steeds leuk.

En dat ergerde Brandon nog meer. Eerst had Easy Callies

hart gebroken, en nu ging hij dat zeker bij Jenny doen. De ongelooflijke Jenny, die bijna volmaakt was. Ze had alleen een erg slechte smaak op het gebied van jongens.

Goed, ze had ook een rol gespeeld in Brandons dromen, gekleed in die witte bikini waarvan de naden bijna op knappen stonden.

'Wacht eens, klojo.' Heath ging voor Easy staan en zette zijn hand tegen zijn borst. 'Jij hebt toch iets met dat meisje met die enorme tieten? Is zij soms het meisje dat je niet snel kunt vergeten?' Hij maakte er een obsceen gebaar bij.

'Laat me los, klootzak.' Easy sloeg Heath' hand weg. Ze keken elkaar kwaad aan.

Voordat ze nog meer echt macho konden duwen en trekken, klonk er een daverend lawaai van boven.

'Jongens, we zijn er!' riep Julian.

Onmiddellijk kwam iedereen om hem heen staan, de lichtbundels van hun zaklantaarns op een deurknop gericht. Daarboven stond onmiskenbaar: DUMBARTON. Julian draaide aan de deurknop en duwde tegen de deur.

Er gebeurde niets.

Hij draaide en duwde nog eens. Deze keer gooide Heath zich ook nog met zijn volle gewicht tegen de deur. De deur vloog open en allebei de jongens vielen voorover, waarbij ze een emmer en een mop omgooiden.

Julian keek op naar het plafond. Iedereen luisterde doodstil naar 'Like a Prayer' dat ergens boven hun hoofd klonk. 'Jezusmina.' Hij stond op en sloeg het stof van zijn kleren af. 'We zijn er.'

Heath Ferro keek op zijn kompas. 'Even kijken...' zei hij, en hij snoof eens diep. 'Het bier is deze kant op.' Hij wees naar de deur van de bezemkast die toegang gaf tot de gang.

'Leuk hoor, superdetective.' Brandon keek geërgerd. 'Kom op.'

Owlnet e-mail inbox

Aan: BrettMesserschmidt@waverly.edu
Van: YvonneStidder@waverly.edu
Datum: zaterdag 5 oktober, 20.00 uur
Onderwerp: Rocken

Het is echt rot dat we de hele dag moeten binnenzitten, maar ik ben heel blij dat we elkaar nu zo goed leren kennen. Toch is het oneerlijk dat we daar straf voor hebben gekregen. Een Owl met verantwoordelijkheidsgevoel werkt er hard aan om vriendschap te sluiten met haar medeleerlingen. Ik bedoel, er zijn ook scholen waar geen jongens op worden toegelaten omdat die scholen de vriendschap tussen meisjes onderling belangrijker vinden. En wanneer wij eens iets leuks doen met de meisjes onderling, worden we meteen opgesloten. Maar zoals ik al zei, ik ben blij dat we eens iets met zijn allen doen. Was het maar alvast vanavond!

Ik hou van al mijn zusters,

Yvonne

Owlnet instant message inbox

BennyCunningham: Eindelijk. De jongens zijn er. Waar ben jij, meisje?

CallieVernon: Op het dak, ik rook een kretek-sigaret. Zijn alle jongens er?

BennyCunningham: Je bedoelt: is Easy er.

CallieVernon: Nee, dat bedoelde ik niet. Maar is hij er?

BennyCunningham: Ja zeker. En hij ziet er heel leuk uit. Echt waar.

CallieVernon: Geweldig.

BennyCunningham: Als je niet gauw beneden komt, kom ik je halen!

Owlnet instant message inbox

VerenaArneval: Chica, waar ben je?

JennyHumphrey: Ik stuur even een mailtje naar mijn vader. Ik kom zo.

VerenaArneval: Je vader verwacht heus geen mailtje van je als er een feest zit aan te komen.

JennyHumphrey: Hij zou het ook best vinden als ik de hele avond op mijn kamer bleef.

VerenaArneval: Niet als er een zekere lange, donkere en knappe cowboy naar je op zoek is…

JennyHumphrey: Ik kom er zo aan.

VerenaArneval: Schiet maar op, anders bespring ik hem zelf.

19

Een Waverly Owl gaat goed om met opbouwende kritiek

Als waarschijnlijk niet erg overtuigende afleidingsmanoeu-
vre hadden de meisjes van Dumbarton besloten overal in de
huiskamer beneden leerboeken en schriften neer te leggen,
voor het geval Angelica Pardee of een leraar even een kijkje
kwam nemen. Eigenlijk was het wel spannend voor de jongens om het meisjeshuis eens te zien zoals het altijd was, en
niet helemaal opgetut. Het maakte alles heel intiem. Easy kon
zich Jenny languit liggend op de bank voorstellen, met haar
roze gympjes die over de rand hingen. Maar dit beeld werd
weggedrukt door het beeld van Callie die in de vensterbank
de *Vogue* zat te lezen, het tijdschrift verstopt in haar geschie-
denisboek.

Wat mankeerde hem toch? Waarom kon hij zijn gevoelens
voor deze twee meisjes niet op een rijtje zetten? Het was niet
eerlijk tegenover hen om aan allebei te moeten denken, maar
daar kon hij nu eenmaal niets aan doen. Het was alsof hij moest
kiezen tussen Mandy Moore en Lindsay Lohan. Hij dacht dat
hij zijn keuze al had gemaakt. Mandy natuurlijk. Maar dan
moest hij niet meer aan Lindsay denken.

'Dat duurde lang.' Alison Quentin stond in de deuropening
van de huiskamer met haar handen in haar zij. Ze droeg een
eenvoudig wit topje op een bijzonder strakke zwarte broek en
rode schoentjes. Ze leek een beetje op een Aziatische Audrey
Hepburn.

Easy keek zijn kamergenoot Alan eens aan. Alan was smoor-verliefd op haar.

'Heb je ons gemist, schat?' Alan St. Girard sloeg zijn arm om Alisons middel en draaide met haar in de rondte. Ze gie-chelde, maar ze verzette zich niet. Samen zwierden ze door de gang.

'Deze kant op voor de fusten,' riep Alison achterom.

Easy zag een pizzadoos op de salontafel en pakte een punt. Een paar meisjes die hij niet kende, speelden Twister in de hoek, en hij was daar nogal van onder de indruk. Meestal was Twister gewoon een excuus om leden van het andere geslacht eens tegen je aan te voelen. Leuk dat meisjes onderling dat ook deden.

Al etend liep hij de trap op. Ook al mochten de jongens niet in het meisjeshuis komen behalve in de huiskamer in de korte tijd tussen de training en het avondeten, toch kende Easy de weg naar kamer 303 als zijn broekzak. Voor de deur bleef hij staan omdat hij niet zeker wist wie er binnen zou zijn. Hij wist ook niet zeker wie hij hoopte aan te treffen. Nadat hij zachtjes had geklopt, duwde hij de deur open.

Hij hoorde 'Kind of Blue' van Miles Davis. Jenny zat aan haar bureau iets op haar laptop te tikken. Hij bleef even kijken en naar het geratel luisteren. Ze zag er zo mooi uit, met al die donkere krullen die over haar rug tuimelden. Toen sloop hij naar haar toe in een poging haar te verrassen, maar de vloer kraakte onder zijn hoge Converse-gympen.

Met een ruk draaide Jenny zich om. 'Je bent er al!' riep ze uit. Er verscheen een stralende lach op haar gezicht. 'Waarom zei je niks?' Snel sprong ze op en liep naar hem toe. Ze zag er heel sexy uit in een donkerbruin strapless jurkje dat perfect bij haar ogen paste. Het jurkje leek op iets wat je even over een bikini aantrekt. En ze was op blote voeten. Mmm...

Zonder iets te zeggen liet Easy zijn hand in haar nek glijden en boog hij zich over haar heen voor een zoen. Zijn hart ging zo tekeer dat hij bang was dat ze het zou horen, en plotseling drong het tot hem door dat Jenny degene was die hij wilde zien. En zoenen. Haar ronde schoudertjes waren om op te eten.

'Wauw,' fluisterde Jenny toen de kus was afgelopen. 'Waar heb ik dat aan verdiend?'

Easy liet zich op haar bed ploffen en keek op in haar grote bruine ogen die hem deden denken aan de brownies die zijn moeder altijd bakte voor zijn verjaardag, of wanneer hij ziek was. Jenny zag eruit alsof ze op blote voeten over het strand moest hollen en misschien een frisbee naar Easy gooien, met een enorme zwarte labrador die achter hen aan door de branding rende. Misschien lag het allemaal aan dit soort fantasietjes. Als hij meer in het moment leefde, kwam hij er misschien achter wat hij nou eigenlijk wilde.

'Omdat je jij bent.' Easy sloeg haar kussen dubbel en legde het onder zijn hoofd. Het kussen rook heerlijk sinaasappelig van dat spul dat Brett en zij in hun haar smeerden.

'Wat heb je een goede bui.' Jenny sprong naast hem op bed.

'Ja… Het is heel spannend om stiekem hier binnen te dringen.' En om jou te zien, dacht hij erbij.

Ze zette grote ogen op. 'Jullie zijn toch niet per parachute gekomen, hè?'

'Nee.' Hij streelde haar arm met de bijna onzichtbare blonde haartjes. 'Er zijn tunnels onder het schoolterrein.'

'Tunnels? Toch geen riool?' vroeg Jenny. Ze deinsde achteruit, net alsof hij verschrikkelijk stonk. En hij wist zeker dat dat niet het geval was.

'Nee, suffie.' Hij greep haar arm beet en drukte daar een spoor van kusjes op, van haar pols tot haar elleboog. 'Die tunnels hebben ze lang geleden gemaakt, toen de leerlingen te schijterig waren om door de sneeuw te banjeren.' Wat had Jenny mooie armen. Kleine armen, maar dat was omdat Jenny klein van stuk was. Die van Callie waren mager omdat ze zich-zelf uithongerde.

'Echt waar? Net zoiets als de tunnels van de metro dus.' Ze huiverde een beetje. Misschien omdat Easy haar aanraakte, of misschien omdat ze het koud had. 'Heb je nog ratten gezien?' Of omdat ze aan ratten had gedacht.

'Nee, geen ratten.' Wel een stel klojo's, dacht hij erbij. Hij had Heath bijna een klap verkocht. Normaal gesproken was Easy heel vredelievend, maar Heath was met die rotopmerkin-gen over Callie nog vervelender geweest dan anders.

Of kwam het doordat... Nee, dat kon niet.

Jenny keek op Easy neer. Ze lachte verlegen, en daardoor kon hij haar witte tandjes zien. 'Het is fijn om je hier te heb-ben. Ik ben al vijf uur bezig met die moeilijke wiskundesom-men. Als ik nog een drieterm in factoren moet ontbinden, ga ik iemand vermoorden.'

Getver, huiswerk. Easy sloot zijn ogen. 'Nou ja, ik heb giste-ren de hele dag mijn best gedaan niets te doen aan het werk-stuk geschiedenis dat ik voor meneer Wilde moet maken.' Vrijdagochtend had hij een mailtje van meneer Wilde gekre-gen met het resultaat van het tentamen. Zoals Easy al had ver-wacht, had hij een dikke onvoldoende gescoord. Maar meneer Wilde was zo'n leraar die de leerlingen graag hielp, en hij had voorgesteld dat Easy in het weekend een werkstuk zou maken om zijn cijfer op te krikken. Easy moest vijf bladzijden vullen met een interview dat een journalist generaal George Washington afnam, en het moest gaan over waarom Washington dacht dat hij een goede eerste president van een nieuw land zou zijn. Het was aardig van Wilde om Easy nog een kans te geven, maar waarom zo'n suf werkstuk? Het was nog erger dan een gewoon opstel. Hij wreef in zijn ogen en dacht aan de uren die hij had verspild door met Alan een spelletje op de Xbox te doen. Vier uur, om precies te zijn. En hij was laat naar bed gegaan omdat hij aan een serie karikaturen had gewerkt. Die waren bedoeld voor de les portrettekenen, en ze moesten pas worden ingeleverd aan het eind van dit semester. Er waren veel dingen die hij daarvoor in de plaats had kunnen doen. Moeten doen.

'Wanneer moet je het inleveren?' vroeg Jenny meelevend. Ze raakte even een krulletje bij Easy's linkeroor aan.

'Maandag.'

'Waarom krijg je maar zo weinig tijd?' vroeg Jenny verwonderd. 'Hij weet toch dat je nog meer huiswerk hebt?'

'Nou...' begon Easy. 'Het is bedoeld om mijn cijfer op te halen. Donderdag heb ik een zware onvoldoende gehaald voor een belangrijk tentamen.'

'Hè, nee.' Jenny keek geschrokken, alsof zíj die dikke onvoldoende had gekregen. Dat was eigenlijk wel lief. 'Wat rot voor je.'

'Och, ik verzin morgenavond wel iets. Ik wil er nu liever niet aan denken.'

Bezorgd beet Jenny op haar lip. 'Je had vanavond niet hoeven komen. We hadden elkaar een andere keer ook kunnen zien.'

Easy voelde zich een beetje gekwetst. 'Wilde je niet dat ik kwam?'

'Natuurlijk wel!' Ze legde haar warme hand op zijn borst.

Hij kon de warmte door het eraf bladderende logo van de Chicago Cubs heen voelen. Hij vroeg zich af of ze het leuk zou vinden om naar een honkbalwedstrijd te gaan. Of ze op de parkeerplaats een hotdog met hem wilde eten zonder zich zorgen te maken over calorieën.

'Dat bedoelde ik niet. Ik wilde alleen...' Ze haalde haar schouders op. 'Je proeftijd is nog niet afgelopen. Ik wil niet dat je nog meer problemen krijgt.'

Easy probeerde te lachen, maar de haartjes in zijn nek waren overeind gaan staan. Ook al had Jenny niets gezegd wat niet waar was en wat hij niet ook allang had gedacht, toch ergerde het hem. Net alsof zijn vader Jenny had ingefluisterd dat ze Easy een beetje achter zijn broek moest zitten, alsof zijn vader Jenny had gevraagd Easy goed in de gaten te houden. En dat kon best goed bedoeld zijn, maar hij vond het benauwend.

Ze wilde niet dat hij nog meer problemen kreeg. Dat was lief. Maar nam zij dan nooit risico? Stel dat Easy wilde gaan skydiven. Daar had hij vaak van gedroomd, om door de lucht te vliegen. Zou Jenny het hem uit zijn hoofd willen praten, of zou ze ook een parachute omgorden en hand in hand met hem uit het vliegtuig springen? Hij vroeg zich af wat Callie zou doen. Ze was tenslotte een debutante, en ze zou zich zorgen maken of haar haar wel goed zou blijven zitten. Aan de andere kant had ze ook wilde neigingen (met iets van zelfvernietigende erbij).

'Dat snap ik wel, maar...' Hoe moest hij dit aardig brengen? 'Weet je, toen ik laatst met mijn vader uit eten was...' Hij zei maar niet dat Callie er ook bij was geweest. 'Hij praat het liefst over alles wat ik verkeerd doe. Dus daarom wil ik er liever niet meer aan denken.'

Jenny beet op haar lip. 'Hij is heel streng, hè?'

Easy smolt alweer een beetje. 'Nou ja, hij slaat me niet of zo.' Hij glimlachte wrang. 'Dus het kan allemaal erger. Maar laten we nu over iets leuks praten.'

'Oké.' Jenny grijnsde breed.

Het drong tot Easy door dat hij niet eens wist of ze ooit een beugel had gedragen. En of ze huisdieren had gehad, of denkbeeldige vriendjes. Het was jammer dat je alles niet even kon stopzetten, dat alleen zij tweeën nog maar bestonden en ze samen op bed konden gaan liggen. En heel lang praten. Ze moesten elkaar echt een beetje beter leren kennen.

'Hoe zijn jullie in die tunnel gekomen? Als die buiten gebruik is, waarom was hij dan niet dichtgetimmerd?'

'Ik weet niet of ik ons geheimpje mag verklappen.' Hij wreef nadenkend over zijn kin. 'Maar je kunt me wel omkopen.'

'Omkopen?' Jenny trok haar neus op, en het leek alsof haar sproetjes dansten. 'Ik heb helemaal geen geld.'

'Dat geeft niet.' Easy ging op zijn elleboog leunen en keek naar haar op. 'Er zijn andere manieren.' Zoals altijd raasden de gedachten weer door zijn hoofd. Was hij soms schizofreen? Hij probeerde het ongemakkelijke gevoel in zijn buik te negeren en van het moment te genieten. Hier was hij, bij Jenny, met haar haar dat voor haar gezicht viel omdat ze zich voorover boog om haar lippen op de zijne te drukken. Ineens had hij helemaal geen zin meer in een gesprek.

Na de kus trok ze zich iets te snel terug, alsof ze voelde dat er iets niet helemaal in de haak was. 'Zal ik iets te drinken voor ons halen?' Ze stond op, trok de zoom van het jurkje naar beneden en schoof haar voeten in een paar rode teenslippertjes.

'O, eh... ja.' Easy liet zich weer op het kussen vallen en glimlachte flauw. 'Lekker.'

'Oké.' Ze keek hem onderzoekend aan.

Heel even wilde hij niets liever dan haar tegen zich aan trekken en haar vertellen over het etentje. Hij wilde haar al zijn rare gedachten vertellen, want hij wist dat ze hem tot rust kon brengen. Maar hij wist niet of hij zijn gedachten wel onder woorden kon brengen. Hij wist zelf niet eens wat zijn gevoelens waren, hoe kon hij daar dan over praten? En daarom lachte hij alleen maar, en Jenny lachte terug en liep de kamer uit. Hij sloot zijn ogen en vroeg zich af of Callies kussen nog hetzelfde zou ruiken als hij zich herinnerde.

20

Een Waverly Owl weet dat de tijd niet alle wonden heelt

Jenny liep de brede marmeren trap af naar Kara's kamer op de eerste verdieping. Haar rode teenslippertjes klepperden tegen haar voetzolen. Ze voelde zich in de war na wat er daarnet met Easy was gebeurd, ook al wist ze niet goed wat er dan precies was gebeurd. Voor de eerste keer sinds ze hem kende, leek er iets niet in orde te zijn. Eerst ging alles heel gewoon, en toen ineens was het alsof ze op een heel andere golflengte zaten. Alles wat ze wilde zeggen, kwam er verkeerd uit. Ze werd er zenuwachtig van.

Ze was blij uit de kamer te zijn. Misschien had ze gewoon een biertje nodig. Eigenlijk was ze niet zo dol op bier — wie wel? — maar ze zou zich erdoor meer op haar gemak voelen. Op dit moment had ze echt iets nodig.

Beneden klonk redelijk harde muziek, maar niet zo hard dat het de aandacht zou trekken van een leraar die toevallig voorbij liep. Niet zoals toen met het feest op het dak. Kennelijk leert een Owl met verantwoordelijkheidsgevoel van haar fouten. Een beetje. Ze liep langs de gesloten deur van Bretts kamer en hoorde zachte muziek. In elk geval had iémand even een kwaliteitsmoment!

Net toen Jenny bij Kara's kamer kwam, liep er een meisje de gang in dat ze nog nooit had gezien. Het meisje had kort donkerblond haar dat ze in een staartje droeg, waardoor donkere uitgroei te zien was. Ze zag eruit als iemand die je eerder rond

Union Square kon tegenkomen dan op het Waverly. Ze leek ook ouder dan de anderen te zijn, en ze droeg een lange donkere rok en een getailleerd leren jasje. Het was toch zeker geen nieuwe leraar? Een student die Marymount had ingehuurd om Dumbarton te infiltreren? Jenny hoorde deuren dichtslaan. Blijkbaar hadden anderen deze onbekende dame ook gezien.

Met fonkelende ogen kwam Kara de hoek om gerend. 'Gauw, naar binnen!' Ze trok Jenny haar kamer in en smeet de deur achter hen dicht.

'Wie was dat?' vroeg Kara. Ze zag eruit alsof ze van alle opwinding genoot. Ze had een romantische witte blouse aangetrokken met een hoge taille en een vierkante hals die was afgezet met kant. Daardoor leek ze wel een heldin uit een toneelstuk van Shakespeare. De mouwen waren wijd. Kara droeg er een strakke zwarte broek bij met uitwaaierende pijpen. Daaronder staken de neuzen van haar verweerde Doc Martens uit. Ze zag er nog steeds heel sexy uit, maar veel meer op haar gemak dan in de strakke oranje jurk. Deze outfit paste veel beter bij haar.

'Ik heb geen idee.' Jenny leunde tegen Kara's boekenkast, die vol met boeken was gestouwd, het enige rommelige plekje in de verder keurig opgeruimde kamer. 'Ze lijkt me erg jong voor een leraar.'

'Maar wie wandelt er nou zomaar een meisjeshuis binnen?' vroeg Kara terwijl ze voor het bed knielde en twee bekertjes met bier vulde. 'Misschien woont ze gewoon in een van de andere huizen.'

Met een glimlach liet Jenny haar blik over de boeken dwalen. Het was leuk om zo veel boeken te zien. De meeste meisjes zetten hun schoenen op de planken van de boekenkast. Het deed haar denken aan de uren die ze had doorgebracht in de Strand Bookstore in Greenwich Village, waar ze met schuingehouden hoofd de titels las van de boeken op de planken totdat ze er een stijve nek van kreeg. Ze herkende een paar van haar lievelings-boeken: *Goodbye Columbus* van Philip Roth, *Slaughterhouse-Five* van Kurt Vonnegut, *Pride and Prejudice...* En toen viel haar oog op twee planken vol dunne boekjes. Ze trok er eentje uit en zag dat het een oud exemplaar was van de X-men, een stripboek uit 1968. 'Allemachtig, zijn dat allemaal strips?'

'Ja, dat is een hobby van me.' Kara bloosde. 'Ik weet dat het maf is, maar ik lijk wel een beetje op die kerel in de *Simpsons.*'

'Nee hoor, absoluut niet!' wierp Jenny tegen. Ze pakte een exemplaar van *Ghost World,* een van haar grote favorieten. De tekeningen en de tekst sloten naadloos op elkaar aan. 'Jemig, dat je dit hebt!'

Er klonk geschuifel in de kast. Toen zwaaide de deur plot-seling open en stapte Heath Ferro eruit, met een sjaaltje van zwarte chiffon als een bandana om zijn hoofd gebonden. Hij had een Waverly-mok in zijn hand en stonk naar bier. Zijn war-rige blonde haar moest nodig eens worden geknipt, en hij zag eruit alsof hij niet helemaal wakker was. 'Hebben jullie het over strips?'

'Is dat mijn sjaaltje?' Kara stak haar hand ernaar uit, maar Heath sprong opzij. Hij knielde bij de boekenkast en trok zo'n twintig boekjes van de plank.

'Jezus, je hebt de echte oude X-men!' Hij keek op naar de meisjes. Zijn groene ogen fonkelden, alsof hij net de hoofd-prijs had gewonnen. 'Ben je echt zo gek op strips?'

'Mag dat soms niet omdat ik een meisje ben?' Kara zette een hand in haar zij en rechtte fier haar rug.

Jenny deinsde achteruit. Kara was behoorlijk eng als ze zich kwaad maakte.

'Je bent een séxy meisje!' Heath stond op en stak verrassend beleefd zijn hand uit.

Jenny herinnerde zich nog de keer dat zij Heath had leren kennen; hij had toen zijn ogen niet van haar borsten kunnen afhouden. En nu probeerde hij ineens een echte heer te zijn. Zoiets was nog nooit gebeurd.

'We hebben ons nog niet aan elkaar voorgesteld.'

Kara keek naar zijn hand alsof hij net had verteld dat hij de vogelgriep onder de leden had. 'En toch heb je mijn sjaaltje om je hoofd en heb je je in mijn kast verstopt. Rare zaak.'

Heath liet zich niet uit het veld slaan. Hij leek Kara's uitdagende houding juist opwindend te vinden. Hij zette zijn hand tegen de boekenkast alsof hij dat al die tijd al van plan was geweest. 'Ik ben Heath.'

Kara keek hem ijzig aan. 'Ik weet wie je bent.'

Heath negeerde die opmerking en deed alsof hij jeuk op zijn buik had, zodat hij om te krabben zijn poloshirt een beetje moest optillen en zijn wasbordje kon onthullen. 'Weet je, alle nieuwe meisjes zitten altijd achter me aan, want eigenlijk ben ik een van de weinige jongens die de moeite waard zijn. Als je tenminste van echte kerels houdt.'

Kara zei niets, en Jenny voelde dat er iets mis was, al zou ze niet kunnen zeggen wat er nou precies aan de hand was. Er speelde iets tussen Kara en Heath, de spanning was haast voelbaar. Kara zag eruit alsof ze Heath wel kon vermoorden. Of zoenen. Ook al was Heath nogal een slijmbal, hij was niet echt weerzinwekkend. En hij was behoorlijk knap. Maar Kara leek op een vulkaan die op het punt van uitbarsten staat.

'Waarschijnlijk heb je alles op school nog niet gezien. In elk geval de tunnels niet.' Uitdagend trok hij zijn wenkbrauwen op. Hij leek helemaal vergeten te zijn dat Jenny er ook nog was. 'We kunnen een beetje grotonderzoek gaan doen.'

'Je bent echt niet te geloven.' Kara schudde haar hoofd. Haar lippen trilden.

Jenny zette een stap naar voren. Ze vroeg zich af of ze Heath moest zeggen weg te gaan voordat Kara hem in elkaar ging timmeren. Kara was zeker allergisch voor hem.

'Volgens mij herken je me niet eens,' zei Kara kwaad.

Heath keek alsof hij er niets meer van begreep. 'Ik jou herkennen?' Hij sloeg het stripboek van de X-men dicht en zette het terug op de plank. Toen klopte hij op de zakken van zijn 7 For All Mankind-jeans, alsof een pakje Camel redding zou kunnen brengen. 'We hebben toch nog niet eh... gezoend, hè?'

Jenny kon wel merken dat de intieme momenten met meisjes niets voor hem betekenden.

'Ammenooitniet,' snauwde Kara. Ze had blosjes op haar wangen. Ze was absoluut zo iemand die mooier wordt wanneer ze goed boos is. Ze haalde diep adem en rechtte haar rug. 'Ik zat vorig jaar achter je in de Engelse les van mevrouw Dubinsky.'

Heath keek haar met een lege blik aan.

Kara ging verder: 'Kara Whalen, weet je nog? Maar jij had een heel andere benaming voor me bedacht.'

'Bedoel je...' Wankelend deinsde Heath achteruit.

Jenny kon zien dat hij echt geschrokken was en geen toneelstukje opvoerde. 'Ben jij de Wallevis?' Hij blies zijn wangen op totdat hij eruitzag als een eekhoorn met wangzakken vol nootjes.

Jenny's mond viel open. Wat er daarna gebeurde, was helemaal top. Het leek wel alsof het in slow motion gebeurde.

Met ogen die fonkelden van woede – en misschien ook een beetje van genoegdoening – pakte Kara haar bordeauxrode en witte mok die vol lauw bier zat, en zonder er verder bij na te denken gooide ze de inhoud in Heath' knappe gezicht. Het was iets wat meisjes in boeken en films doen, maar nooit in het echt.

Als Heath daar niet had gestaan in een doorweekte marineblauwe Lacoste-polo met het krokodilletje er half af, en als er geen druppels bier op de houten vloer waren geploft, zou

Jenny het niet hebben geloofd. Ze kon er niets aan doen, maar ineens moest ze giechelen.

'Eens een eikel, altijd een eikel.' Kara keek Heath kwaad aan. 'Door mensen zoals jij ben ik van school gegaan! Jij zorgde ervoor dat iedereen me zo ging noemen. Jij vond jezelf zo'n toffe gozer, zo populair en geweldig, dat je er niet eens bij stilstond dat je mijn leven tot een hel maakte!'

'Maar daarom hoef je verdomme nog geen bier over me heen te gooien.' Heath trok zijn doorweekte polo van zijn borst af. 'Ik bedoel...' Hij zag er pisnijdig uit, maar toch bekeek hij Kara van top tot teen, alsof hij zich niet kon voorstellen dat dit het meisje was dat hij zo had gepest. 'Het spijt me dat ik niet aardig tegen je was. Maar ik herinner het me niet eens.'

'Nou, ík wel.' Kara rilde, en ineens keek ze niet meer kwaad. Ze zag er eerder moe uit, en misschien een beetje beschaamd. Nerveus keek ze Jenny aan.

'In de badkamer liggen papieren handdoeken, Heath.' Jenny zette haar handen in haar zij en knikte in de richting van de gang, alsof ze daarmee wilde zeggen: rot op. Ze vond het een vreselijke gedachte dat Heath uitgerekend een meisje had gepest dat zo lief was als Kara. Ze begreep niet wat mensen er leuk aan vonden om zo gemeen te doen. Daarom begreep ze ook niets van Tinsley.

'Jullie zijn niet goed bij jullie hoofd.' Heath lachte gemaakt terwijl hij de deur open rukte en de gang op stapte. 'Als je wilde dat ik mijn polo uittrok, had je dat ook gewoon kunnen vrágen.' Hij maakte aanstalten hem uit te trekken, maar Kara schopte snel de deur dicht.

Even viel er een stilte. 'Denk je nou dat ik niet goed snik ben?' vroeg Kara zacht terwijl ze de handdoek van het haakje aan de deur trok en die in de plas bier liet vallen.

'Natuurlijk niet!' Jenny pakte een tissue uit de doos op Kara's bureautje en veegde de bierspatten van de muur. 'Ik heb dat al met Heath willen doen sinds ik hier ben. Ik ben jaloers op je. Maar als ik heel eerlijk moet zijn, geloof ik dat hij het wel spannend vond.'

'Walgelijk.' Kara trok haar neus op, maar toen lachte ze. 'Je bent hartstikke aardig, weet je dat?' Ze zuchtte diep. 'Het is jammer dat je er toen niet was.'

'Ik ben er nu,' reageerde Jenny zacht.

Was Kara inderdaad een poosje van school gegaan omdat ze werd gepest? Ineens leek alles wat er vroeger met Jenny op het Constance Billard was gebeurd, niet meer zo erg. Het was een serie misverstanden geweest. Trouwens, ze had alles toen zelf in gang gezet.

'Gelukkig.' Kara zette de boeken weer goed op de plank. 'Dit jaar heb ik me zo'n beetje verstopt. Ik wilde helemaal niet dat er zoiets als daarnet zou gebeuren. Maar nu ben ik er blij om.'

'Ik heb Heath nog nooit zo slecht op zijn gemak gezien, dus je hebt gescoord.' Jenny keek naar de grond, en ineens moest ze denken aan Easy die in haar kamer op haar wachtte. Maar ze wilde niet meteen weglopen; het was veel te leuk om bij Kara te zijn.

'Waarschijnlijk moet hij de hele verdere avond in zijn blote bast lopen.'

'Op alles staat een prijs.' Jenny nam een grote slok bier. 'Pestte iedereen je?'

'Niet iedereen.' Er verscheen een verdrietige uitdrukking op Kara's gezicht. 'Er waren er ook die wel aardig waren. Maar de meesten negeerden me. Stel je voor, een meisje op het Waverly dat niet maatje 36 heeft.'

'Ik zou aardig tegen je zijn geweest,' zei Jenny, maar ze vroeg zich af of ze dat wel echt zou hebben gedaan. In elk geval zou ze Kara niet hebben gepest. Maar toen moest ze ineens denken aan haar eerste dag op het Waverly, toen die saaie Yvonne Stidder haar had rondgeleid en gevraagd of ze niet bij het jazzensemble wilde. Yvonne was best aardig geweest, maar Jenny wilde haar dolgraag lozen zodat ze kennis kon maken met de populaire meisjes. Sindsdien was ze bevriend geraakt met Brett, Easy, Brandon en nog veel meer, maar ze had nooit meer aan Yvonne gedacht.

Ik ben een bitch, dacht ze. Ik hoor er helemaal bij.

21

Een Waverly Owl vreest geen geheimen uit het verleden

'Zeg, hoe is dat nou, een kamer delen met het meisje dat je vriendje heeft afgepikt?' vroeg Benny Cunningham toen ze de deur open duwde van kamer 303. Als een speer vloog ze op Jenny's kaptafel af en bekeek alles wat erop stond. Ze deed een porseleinen doosje in de vorm van een vlinder open en pakte achteloos een zilveren oorhanger op, daarna draaide ze de dop van Jenny's flesje Euphoria van Calvin Klein af en spoot ermee in het rond.

Met een geërgerde blik sloot Callie de deur. Benny kon soms erg bot zijn. Ze wilde dolgraag alles over andermans problemen weten, en dan luisterde ze vol medelijden naar je om vervolgens met ongevraagde en nutteloze adviezen te komen.

Callie had een poosje heel plezierig in haar eentje op het dak gezeten. Vol zelfmedelijden had ze kretek-sigaretten gerookt. Die bewaarde ze voor heel speciale gelegenheden in de la met pyjama's. Ze genoot van de tintelende lippen en het duizelige gevoel dat ze ervan kreeg, maar omdat ze astma had, rookte ze ze maar zelden.

Maar toen was Benny gekomen, met een 'bijzondere' sigaret die Alan St. Girard voor haar had gerold (de inhoud afkomstig van de 'kruidenkwekerij' die zijn ouders in Vermont hadden). En nu was het heel wazig in haar hoofd geworden, en had ze het gevoel dat al haar gevoelens naar boven kwamen en erop wachtten om gespuid te worden.

'Zo erg is het niet.' Callie ging op bed liggen en sloot haar ogen. Eigenlijk wilde ze dat iedereen op de wereld plotsklaps zou verdwijnen. Dan kon ze eindelijk alleen zijn, languit op een tropisch strand, met de zon die haar blote huid verwarmde, en met het geluid van de branding om naar te luisteren, in plaats van naar Benny's insinuerende opmerkingen.

'Nee?' vroeg Benny onschuldig. Ze bekeek zichzelf in de spiegel. Ze droeg een topje waarop een kleurige kolibrie was geborduurd, en een kort wit spijkerrokje, geleend van een meisje op de tweede verdieping. In haar haar zat een kaarsrechte scheiding, en ze had er twee vlechtjes in gemaakt, net als Heidi. Callie besefte dat Benny helemaal het benaderbare meisje van hiernaast wilde spelen. 'Het leek er anders wel op dat je het niet zo fijn vond,' ging Benny verder.

'Kom op, zeg.' Callie leunde op haar elleboog, blij dat de band van de strakke spijkerbroek niet eens tegen haar buik aan kwam. 'Vriendjes worden niet afgepikt. Dat zeggen ze maar zodat ze niet de schuld bij zichzelf hoeven te leggen omdat er problemen in de relatie zijn ontstaan.'

Benny draaide zich om voor de spiegel om haar billen te kunnen zien en glimlachte naar zichzelf. 'Toe nou... Iedereen heeft gezien dat ze zich aan hem opdrong.'

'Niet waar.'

'Wel waar. Vanaf het begin liep ze al achter hem aan.'

'Ik heb hun gevraagd om met elkaar te flirten. Omdat ik niet in de problemen wilde komen.' Dat was het stomste wat ze ooit had gedaan. Net zo erg als zoenen met Heath Ferro. Twee keer.

'Nou en? Je had hun gevraagd te flirten, niet om verliefd te worden.' Benny pakte Callies flesje DuWop en zonder het te vragen smeerde ze een beetje op haar lippen.

Callie schudde haar hoofd. Plotseling drong het tot haar door dat ze echt meende wat ze ging zeggen. 'Je snapt het niet. Als het goed zit in een relatie, kan er niet zomaar iemand tussen komen.' Ze wreef in haar ogen. 'Het zat niet goed tussen Easy en mij. Daar kwam het van.'

Benny was niet erg onder de indruk. 'Wat klink je ineens volwassen.'

Callie slaakte een diepe zucht. Het had lang geduurd voordat ze zover was gekomen. Ze was eerst heel erg kwaad op Jenny geweest. Het was makkelijk het te wijten aan Jenny's grote tieten of lieve karakter, maar dat geloofde ze nu niet meer. Als Easy nog verliefd was geweest op Callie, zou niets of niemand tussen hen kunnen zijn gekomen. Dat was nog het moeilijkste om onder ogen te zien. 'Het is anders best zwaar, hoor.' Ze kreeg een brok in haar keel. 'Ik mis hem nog steeds.'

'O, lieverd...' Met een ruk draaide Benny zich om. 'Moet ik je knuffelen?'

Callie keek weg. 'Nee, nu niet.' Ze werd niet goed van Benny. Ze had echt nieuwe vriendinnen nodig. 'Weet je wat? Ga jij alvast naar beneden, dan kom ik ook zo.'

'Moet je nog een beetje meer navelstaren?'

'Rot toch op, jij!' Callie moest bijna lachen. Benny kon moeilijk ernstig blijven, zeker niet als ze had geblowd. 'Ik wil andere schoenen aantrekken.'

'Ik zorg wel dat er nog bier voor je overblijft,' kirde Benny voordat ze de deur achter zich dichtdeed.

Callie fronste haar wenkbrauwen. Het was een moeilijke dag. Praten over Easy... denken aan Easy... Dat maakte het er allemaal niet gemakkelijker op. Ze wilde zich dolgraag over hem heen zetten, heus waar. Maar na het etentje van vrijdag, toen Easy op zo'n bepaalde manier naar haar had gekeken, moest ze er steeds aan denken of ze niet nog een kansje maakte. En dan dat sms'je... Ze had echt het gevoel dat ze het zich niet verbeeldde, en dat Easy ook niet helemaal zeker van zijn zaak was.

Ze wist niet of ze zich wel of niet erop moest verheugen hem weer te zien. Het was allemaal zo ráár.

Maar ze wist wel dat haar schoenen vreselijk knelden, en met pijnlijke voeten kun je niet vrolijk en opgewekt zijn. Dus stond ze op, strompelde naar haar kast en trok de deur open.

'Waaa!' gilde ze. Ze deinsde achteruit toen ze een licht zag schijnen. Wat was dat verdomme?

Op de rommel onder in de kast, op de berg schoenen en de kleren die van de hangertjes waren gegleden, en op de zak met vuile was, zat iemand. Iemand met een gele helm op waar een lamp op zat bevestigd. Het licht was verblindend.

'Easy!' bracht ze ademloos uit. 'Wat doe jij hier verdomme?' Ze dacht aan al die dingen die ze tegen Benny had gezegd. Niet dat ze zich daarvoor moest schamen... Maar toch bloosde ze.

Zijn oren werden door de helm een beetje naar voren gedrukt. 'Ik verstop me,' fluisterde hij. Zoals hij daar onder in de kast zat met die belachelijke helm op zijn hoofd, leek hij wel een klein kind. Een kleuter die het beste plekje voor verstoppertje heeft gevonden en geduldig wacht om gevonden te worden.

Het was niet het tropische strand waarvan ze had gedroomd. Maar toch wilde ze opeens nergens liever zijn dan in haar eigen rommelige kast. Met Easy Walsh.

Ze trok de gouden sandaaltjes uit en stapte op blote voeten in de kast. Haar knieën knikten. Ze trok de deur giechelend dicht. Easy duwde een paar kleren uit de weg en deed zijn best een goed plekje voor haar te maken. Ze liet zich zakken totdat ze naast hem zat.

'Wat ben je toch een suffie,' zei Callie toen Easy met zijn handen een schaduwfiguur op de dichte kastdeur maakte: een vogel met fladderende vleugels. Ze moest er hartelijk om lachen. Ze was nog geen vijf minuten bij Easy en ze was alweer net zo gelukkig als vroeger.

Easy snoof. 'Het ruikt hier naar mottenballen.'

Callie hield haar hand voor haar ogen. 'Mag die lamp uit? Het licht is zo fel.'

Easy frunnikte aan zijn helm en even later werd het ineens pikkedonker. Het werd ook stiller, alsof de duisternis een deken was die alle geluiden smoorde. Callie hoorde zelfs niet meer het rumoer van het feest beneden. Ze hoorde alleen nog maar haar eigen ademhaling.

En die van Easy.

'Hoi,' zei hij.

'Hoi,' fluisterde ze. Toen lachte ze, en hij lachte met haar mee. Het was allemaal heel absurd. De zoom van een jurk kietelde op haar voorhoofd, en daarvan moest ze nog erger giechelen. Ze had de tijd wel willen stilzetten en voor eeuwig met Easy in de kast willen zitten, gewoon zij met zijn tweetjes, met niemand die tussen hen kon komen. Het was helemaal perfect zoals het was.

En toen zoenden ze elkaar, en werd het nog perfecter.

Owlnet instant message inbox

BennyCunningham: Wat is er met het feest gebeurd?

RyanReynolds: Er is toch een leraar in huis? Lon en ik liggen onder het bed van een of ander raar meisje. We wachten totdat we worden gered.

BennyCunningham: Gezellig. Kun je er geen foto van maken?

RyanReynolds: Straks misschien, als je er ook bij komt.

BennyCunningham: Een Owl met verantwoordelijkheids-gevoel laat haar mede-Owls nooit in de steek.

RyanReynolds: Halleluja!

Een Waverly Owl houdt de hygiëne hoog in het vaandel

Toen eenmaal het gerucht de ronde deed dat er mogelijk een leraar was geïnfiltreerd, stond Tinsley op het punt Brandon en Julian aan te spreken om hen nog eens te bedanken voor de gezellige avond. Het was echt tof geweest om naar een duur restaurant te gaan terwijl de andere meisjes in de huiskamer naar een herhaling van *Friends* moesten kijken, de stakkerds. Tinsley vond dat ze veel vliegen in één klap had geslagen: Marymount was haar dankbaar omdat ze haar mond had gehouden over het huisarrest, dus van hem had ze niets meer te vrezen; ze had leuk met Julian geflirt (het was zelfs leuk geweest om met die opgeprikte Brandon te flirten, en het leek alsof hij er ook van had genoten); en ze had de lekkerste crème brûlée van de hele staat New York naar binnen gewerkt. Niet slecht voor een plannetje dat zomaar ineens bij haar was opgekomen.

De twee jongens stonden in de gang van de eerste verdieping aan weerszijden van de badkamerdeur. Ze hadden ieder een Waverly-mok in hun hand, en zagen eruit als intellectuele Owls. Ze waren wel leuk, zo bij elkaar. De gespannen, kleine Brandon, met zijn warrige haar dat met gel in model werd gehouden, en in een Armani-trui en met een overhemd eronder. En de lange Julian met een soort rare muts op waar zijn door de zon gebleekte blonde haar onderuit piekte. Hij droeg een T-shirt van Question Authority over een rood shirt, en een donkerbruine broek die zo te zien uit een tweedehandswinkeltje kwam. Ze waren net de Odd Couple, of Ben Stiller en Owen Wilson in hun rol van Starsky en Hutch.

Ze trippelde door de gang op hen af. Haar hoge hakken klik-klakten op de marmeren vloer. Beide jongens keken naar haar. Al zolang ze zich kon herinneren had Brandon de pest aan haar. Maar nu had hij die glazige blik in zijn ogen die ze nu wel kende van jongens die op haar vielen. Natuurlijk was dat vlei-end, maar Brandon was totaal niet haar type. Hij maakte zich veel te druk over van alles en nog wat. Waarschijnlijk zou hij van al die stress nog voor zijn zesentwintigste een hartaanval krijgen.

En wat Julian betrof... Ze leek eindelijk een beetje vooruit-gang te boeken bij haar poging hem op haar verliefd te laten worden. Ze vond het leuk werk. Misschien wel te leuk.

Net toen ze naar de jongens zwaaide, ging haar mobieltje. Ze klikte het open en las het sms'je van Heath. LERAARALARM. Shit.

'Er komt iemand aan. Jullie kunnen je maar beter ergens verstoppen.' Tinsley rende het laatste eindje en duwde de bad-kamerdeur open.

De jongens stormden achter haar aan naar binnen. 'Jezus, bedankt dat je ons hebt gewaarschuwd, Carmichael.'

Brandon zei het een beetje spottend, maar dat vond ze wel prima zo. Het maakte het allemaal interessanter. Dat hij haar achternaam gebruikte, was bedoeld als poging haar als dood-gewoon te bestempelen. Ha. Niks daarvan.

Tinsley wierp hem een kushandje toe. 'Ik dacht dat jullie de badkamer wel eens van binnen zouden willen zien.'

De badkamers in Dumbarton waren verrassend ruim. Een paar jaar geleden waren ze gerenoveerd. Daardoor waren ze veel moderner dan de rest van het gebouw, met drie wc-hok-jes in smaakvol donker eikenhout, een lange muur met spie-gels en drie wastafels, en om de hoek drie douchehokjes.

'Wat is het hier netjes,' zei Julian. Hij liet zijn blik dwalen over de in vakken verdeelde planken waar de meisjes hun flesjes shampoo en douchegel bewaarden.

Tinsley vertelde hem maar niet dat het hier meestal helemaal niet zo netjes was. Omdat er verder toch niets te doen was geweest, hadden de meisjes de vakjes opgeruimd, de opgedroogde tandpasta van de tubes gepulkt en de rondslingerende tampons uit het zicht opgeborgen.

'Wauw. Wat een boel crèmetjes en zo.' Julian pakte een fles Benefit Fantasy Mint Wash uit een vakje, en vervolgens een flesje L'Occitane moisturizer met olijfolie. 'Waar is dat allemaal voor?'

'Om je gezicht schoon te maken of om vocht in te brengen.' Brandon raakte de fles L'Occitane even aan. 'Goed spul.'

Tinsley giechelde. Brandon zette zichzelf af en toe echt te kijk. Ze wist dat Brandon erg gevoelig was, maar toch was het raar dat hij meer over huidverzorging wist dan zij. 'Die is van mij. Zet nou maar terug!'

Julian hield het flesje hoog zodat Tinsley er niet bij kon. 'O, nee. Ik wil dit tovermiddel eerst eens proberen.' Hij draaide de dop eraf en goot een beetje van het spul in zijn hand. Vervolgens smeerde hij zijn wangen ermee in alsof het aftershave was. 'Zie ik er anders uit? Ben ik al mooi?'

'Nee,' zei Brandon, en Tinsley zei tegelijkertijd: 'Ja.'

Brandon keek geërgerd. 'Jij hebt niet zo'n gevoelige huid als Tinsley.'

Gevoelige huid? Nu was het Tinsleys beurt om geërgerd te kijken. Brandon flirtte met haar. Ze kreeg er de rillingen van. Hij kon maar beter sarcastisch blijven.

'Wat is dit?' Julian keek om de hoek, waar de drie douchehokjes waren. Ze waren betegeld met schitterende hemelsblauwe mediterrane tegeltjes, een geschenk van de ouders van Sage Francis, die een keramiekbedrijf hadden in het westen van Massachusetts. De douchehokjes waren brandschoon, want de schoonmakers waren zaterdag gewoon geweest, ook al hadden de meisjes huisarrest.

Julian schoof het witte gordijn opzij en floot waarderend.

'Shit. Onze douches dateren nog van 1945. Het lijkt hier wel een kuuroord,' merkte Brandon jaloers op.

Julian stapte het eerste hokje in. 'Dus hier gebeurt het allemaal?' Hij grijnsde breed, alsof hij zich al die naakte meisjes voorstelde die hier dagelijks kwamen douchen.

Tinsley stapte ook het hokje in. 'Meestal gebruik ik deze.'

Hij trok zijn wenkbrauwen op. 'O, ja? Waarom?'

Ze haalde haar schouders op en zette haar teen op het zeepbakje dat ingemetseld zat in de muur. 'Zo kan ik mijn benen goed ontharen.'

'Verdomd.' Julian schudde zijn hoofd. 'Je hebt helemaal gelijk, dat is hartstikke handig. Jammer dat wij niet zulke mooie douches hebben.'

Tinsley giechelde. Ze keek omhoog en zag dat zijn hoofd bijna tegen de douchekop aan kwam. Hij was echt ontzettend lang. 'Waarom heb je een muts op?' vroeg ze.

Hij deed net of hij zijn hele lichaam inzeepte. 'Eigenlijk is het een haarzakjeskuur met verwarmende oliën. Het ziet er alleen maar uit als een muts.'

Julian zei soms echt bizarre dingen. Toen hij omhoog keek en net deed alsof hij zijn haar uitspoelde, stak Tinsley haar hand naar de kraan uit.

Maar hij had het gemerkt, want net toen ze de kraan opendraaide, sloeg hij zijn armen om haar heen en zwierde haar rond zodat zij stond waar hij net had gestaan. Toen bukte hij zich. Ze werd helemaal ondergespat met koud water.

Ze probeerde zich gillend uit zijn greep te bevrijden, maar hij hield haar stevig vast. Het water was ijskoud, en het duurde even voordat ze de kraan weer kon dichtdraaien. 'Klootzak!'

Met een ruk draaide ze zich om. Ze was doorweekt, haar haren en haar kleren plakten tegen haar aan.

De deur van de badkamer sloeg dicht. Brandon was zeker weggelopen.

'Duurt het altijd zo lang voordat het water warm wordt?' Julian moest moeite doen om niet hard te gaan lachen. 'Misschien moeten jullie een keer een loodgieter erbij halen.' Hij zette een stap naar achteren en leunde tegen de betegelde muur. Bewonderend bekeek hij haar van top tot teen.

Tinsley keek kwaad terug. Haar zorgvuldig gekrulde haar met volumespray erin, slierde in natte plukken voor haar gezicht, en haar jurk – Kara's jurk – ooit zo sexy, plakte als een natte tissue tegen haar lijf.

Op de een of andere manier was het Julian gelukt om bijna helemaal droog te blijven. Maar dat zou niet lang duren.

'Vind je dit soms leuk?' vroeg Tinsley. Ze moest haar kaken op elkaar klemmen om niet in lachen uit te barsten. 'Je bent zeker wel trots op jezelf, hè?' Toen dook ze op hem af. Ze sloeg haar kletsnatte armen om hem heen en drukte haar gezicht tegen zijn borst, waarbij ze haar hoofd langs zijn shirt wreef om hem eens flink nat te maken. Het was opwindend om zo dicht bij hem te zijn. Het was net zoiets als toen ze nog klein was en een potje worstelde met een jongen. Daar word je helemaal opgewonden van, maar je weet niet goed waarom.

En dat herinnerde haar er helaas aan dat Julian eigenlijk nog een kind was. Hij was onderbouwer. Hoe oud zou hij zijn? Veertien? Vijftien misschien? Tinsley huiverde, en dat had deze keer niets met koud water te maken. Jezus, een onderbouwer... Dat betekende dat hij nog les had in oude en middeleeuwse geschiedenis van meneer De Witt, de enige les waarbij Tinsley had overwogen met een pen haar oog te doorboren zodat ze er niet meer naartoe hoefde. Onderbouwers moesten in de sportteams idiote dingen doen, zoals roze ondergoed of jarretelles onder hun outfit dragen. Ze moesten elke week naar een bespreking met hun mentor om het te hebben over studiestrategieën voor succes, zoals Marymount het noemde. In de kantine mochten bovenbouwers gewoon voordringen als er onderbouwers in de rij stonden. Nou ja, dat deden bovenbouwers nu eenmaal.

23

Een Waverly Owl beoordeelt anderen niet aan de hand van hun schoenen

Als Brandon al bijna moest braken bij het zien van Tinsley en Julian die elkaar wee aankeken, dan was het geluid van een watergevecht of een worstelpartij met natte kleren aan wel reden genoeg om van over je nek te gaan. Brandon stormde de badkamer uit, kwaad op zichzelf omdat hij alweer iemand verkeerd had beoordeeld. Waarom kneep iedereen toch altijd een oogje dicht voor Tinsleys slechte eigenschappen? Omdat ze zo mooi was? Er waren zat meisjes op het Waverly die mooier waren dan Tinsley. Nou ja, misschien niet heel veel. Maar wel een paar. Of in elk geval Callie. Maar alleen Tinsley had een stoet trouwe fans. Onderbouwers wilden net zoals Tinsley zijn. Zelfs docenten – en dan niet van die slijmballen zoals Eric Dalton – waren zo te zien onder de indruk van haar. Waarom? Omdat ze van die viooltjesblauwe ogen had waarmee ze recht in je ziel leek te kunnen kijken? Misschien was ze wel een mutant. Zijn kamergenoot, die zo gek was op striphelden, dacht in elk geval blijkbaar dat ze over bovennatuurlijke gaven op seksueel gebied beschikte.

'Jezus!' riep Brandon uit toen hij bijna over zijn voeten struikelde omdat hij zo snel moest stoppen. Voor hem stond een aantrekkelijke jonge vrouw, gekleed in een zwartleren jasje en een strakke grijze rok die tot net boven haar bruine Bjørn-klompschoenen kwam. Over het sexy ronde brilletje op haar neus keek ze Brandon vragend aan. Shit.

'Ik... ik was alleen maar...' stamelde hij.

'Je was alleen maar even naar de wc?' Het meisje glimlachte geamuseerd. Van dichtbij gezien was het wel duidelijk dat ze een tiener was en geen leraar, zoals hij eerst had gedacht. Ze had een jong gezicht, en in haar ene oor zat een zilveren oorring. Ze had behalve een jong, ook een krachtig gezicht, met zo'n lange neus en hoge jukbeenderen waar de camera dol op is. Brandon vroeg zich af of ze ooit model voor brillen van Gucci was geweest, want ze zag er vagelijk bekend uit.

'Dat is geen halsmisdaad, hoor,' ging ze verder.

'Eh...' Brandon probeerde zichzelf een houding te geven. 'Je bent dus geen leraar?'

'Goed gezien, Einstein.' Ze schudde met haar hoofd.

Brandon zag dat er donkere uitgroei onder haar blonde haar zat. Ze leek wel een beetje op zo'n meisje in een girlband. Sexy. Hij had het niet zo op klompschoenen, want die vond hij maar onbespoten, maar bij haar stonden ze best punky. Of misschien lag het aan die grote bruine ogen waarmee ze hem strak aankeek. In elk geval was ze geen Waverly Owl, dat stond wel vast.

Hij schraapte zijn keel. 'Wat doe je hier dan?'

Het meisje tuitte haar lippen. Onder haar linkerooghoek had ze een moedervlekje.

Vreemd genoeg kon Brandon daar zijn ogen niet vanaf houden. Het leek wel een magneet of zoiets.

'Ik ben naar iemand op zoek,' antwoordde het meisje schouderophalend. 'Heb je Jeremiah Mortimer misschien ergens gezien?' Ze bloosde.

Interessant. Jeremiah zat helemaal niet op het Waverly, en toch kwamen zijn fans hem hier zoeken. Wacht maar totdat Brett daarvan hoorde... Er gingen geruchten dat Jeremiah naar geen van de feesten ging die die dag op het St. Lucius werden gegeven, en dat hij het Waverly wilde binnenglippen om bij Brett te zijn. Brett zou het niet fijn vinden als ze erachter kwam dat ze Jeremiah niet voor zichzelf alleen had.

En zeker niet met zo'n sexy meisje.

'Ik heb gehoord dat hij hier ergens is, maar eh... ik heb hem niet gezien.' Dat was niets anders dan de waarheid. Normaal gesproken zou Brandon gekwetst zijn omdat ze naar een andere jongen vroeg, maar hij wist bijna zeker dat ze een beetje met hem flirtte. Hij leunde tegen de perzikkleurige wand en keek naar een verkleurde plek op het plafond, waar zeker ooit lekkage was geweest. In de badkamer klonk gegiechel, maar daar sloeg Brandon geen acht op. 'Zit je op het St. Lucius?' vroeg hij.

Het meisje knikte en keek de verlaten gang in. Ze roffelde met haar lange, ongelakte nagels op het donkerbruine hout van de deursponning. 'Zijn al jullie feesten zo woest?'

'Nee, soms zijn ze gewoon saai.' Brandon voelde even met zijn tong aan zijn tanden. Misschien keek ze niet zo strak naar hem omdat ze hem leuk vond, maar was ze gebiologeerd door spinazie tussen zijn tanden. Toen hij zeker wist dat het in orde was, ontblootte hij zijn tanden in een lach. 'Ik ben trouwens Brandon.'

Ze keek hem recht in de ogen. 'Ik ben Elizabeth.'

'Mijn hond heet ook Elizabeth!' flapte Brandon eruit voordat het tot hem doordrong dat dat misschien niet zo slim was. Maar hij had het nu eenmaal al gezegd, en hij miste de labrador thuis erg. Elizabeth was het enige wat de vakanties thuis in Westport nog een beetje draaglijk maakte. Daar kon hij natuurlijk niet openlijk voor uitkomen, maar nu hij erover nadacht, deden de fluweelzachte bruine ogen van deze Elizabeth hem denken aan die van de hond Elizabeth. En dat was best fijn. Jezus, wat was hij toch een oen.

'Echt waar?' Elizabeth lachte hardop.

Het was een aardige, muzikale lach die Brandon deed denken aan de eerste keer dat hij klanken aan zijn viool had ontlokt. Niet zo poëtisch, Brandon, dacht hij. Concentreer je. Geen stomme opmerkingen meer als je probeert te flirten.

'Ze is toch geen poedel of bichon of zo? Zo'n truttig modehondje hoort niet Elizabeth te heten. Dat zou slecht voor mijn image zijn.'

'Ze is een kruising tussen een herder en een labrador, en ze kan heel woest zijn als ze de krant aan flarden scheurt.' Brandon keek onder de indruk naar Elizabeth, die een blond lokje vastzette achter haar oor en toen haar bril omhoog schoof; dit alles in één sierlijke, vloeiende beweging. Het was erg sexy dat ze zich niet schaamde voor haar bril.

'Ze is absoluut geen truttige hond. Ze heeft zelfs eens Roderick van de buren te grazen genomen, en dat is een Rhodesische draadhaar.'

Elizabeth deed alsof ze daar even over moest nadenken. Ze krabde met haar rechterhand in haar nek. De mouw van haar jasje schoof naar beneden, en zo'n gevlochten zeemansarmbandje werd zichtbaar, van het soort dat je in elke souvenirwinkel aan Cape Cod ziet liggen. Het viel bijna uit elkaar, zo oud was het. 'Nou, dan is het in orde.' Ze ging van de ene voet op de andere staan en speelde met de rits van haar jasje. 'Zullen we het feest dan maar even nieuw leven inblazen?'

Brandon keek even naar de rits. Ze bedoelde toch niet... dat ze hun kleren moesten uittrekken? Wat wás dit voor meisje? De adem stokte in zijn keel.

Maar toen zette ze haar wijsvinger op zijn buik en zei: 'Dat bedoelde ik niet, viespeuk.' Haar ogen fonkelden ondeugend. 'Ik bedoelde dat we iedereen wakker moesten maken.' Meteen liep ze naar de dichtstbijzijnde gesloten deur, knipoogde naar Brandon en begon erop te beuken.

Even later deed een er verlegen uitziend blond meisje de deur op een kier en keek naar buiten.

'Zeg, weet je wel dat er een feest is?' vroeg Elizabeth bars.

Brandon bewonderde op afstand haar profiel.

'Eh... n-nee,' stotterde het meisje, hoewel ze duidelijk voor een feest was gekleed, in een rode minirok met plooitjes van voren (was dat Callies Diane von Furstenberg-rokje?) en een zwart topje waarop in glitters stond: FREE WINONA (dat was zéker van Callie). 'Een feest? Daar wist ik niks van...'

Elizabeth zette haar handen in haar zij. 'Waarom wist je dat niet, verdomme?' Ze barstte in lachen uit.

Brandon moest ook lachen. Jemig, wat een energie straalde dit meisje uit.

Het meisje in het Winona-topje keek hen verbaasd aan en drukte toen haar hand tegen haar borst. 'Jezus, jullie bezorgden me bijna een hartaanval!' Ze liep snel terug haar kamer in en verscheen even later met een lege Waverly-mok in haar hand. 'Mijn bier is al tien minuten op. Allemachtig, wat verlangde ik naar meer.'

Brandon had zich nog nooit zo ontspannen gevoeld. Hij ging de meisjes voor door de gang en klopte op alle deuren. De meisjes binnen schrokken zich eerst halfdood, maar sloten zich daarna bij hen aan. Samen met Elizabeth rende hij de trap naar de tweede verdieping op. Zijn Adidas-gympen maakten bijna net zo veel lawaai als de klompschoenen van het funky meisje dat achter hem aan kwam. Het speet Brandon dat hij Elizabeth al niet veel eerder had leren kennen.

24

Een Waverly Owl weet dat waar wierook is, ook vuur is

Zodra Tinsley de kamer uit was, maakten Brett en Jeremiah de verloren tijd goed. Ze had de hele dag naar hem verlangd, zoals naar de chocoladekoekjes die elke maandag op het menu stonden. Het was fijn om hem voor zich alleen te hebben zonder de hem aanbiddende meisjes van het St. Lucius om hem heen. Eigenlijk was het verschrikkelijk lief van hem dat hij liever wegglipte van zijn school om bij haar te zijn, dan zich te bedrinken op de vele feestjes die er nu op het St. Lucius werden gegeven. En hij zou daar de eregast zijn geweest omdat hij bijna in zijn eentje de wedstrijd had beslist.

Maar hij was hier. In Bretts bed. Met zijn Gap-boksershort aan met de buldoggen erop, en verder niks. Iron & Wine, Bretts favoriete band, stond op, en ze had een paar kegeltjes sandelhoutwierook aangestoken.

'Doet het hier pijn?' vroeg ze terwijl ze haar hand op zijn schouder legde. Ze lagen met hun gezicht naar elkaar toe onder haar donzen dekbed, Brett met haar hoofd op Jeremiahs arm. Ze voelde zich een beetje verlegen in haar zwarte strapless beha van Le Mystère en bijpassende slipje. Maar het was niet de eerste keer dat Jeremiah haar zo halfnaakt zag, en ondergoed was toch bijna net zoiets als een bikini. En toch was het anders... nu ze dacht dat ze bereid was tot méér.

Jeremiah probeerde zijn gezicht niet te vertrekken. 'Het doet overal pijn.'

'Hier ook?' Ze liet haar hand langzaam naar beneden glijden, over de geverfde letters GANZEN VOORUIT.

'De pijn verdwijnt daar wel van.' Jeremiah schraapte zijn keel, en in zijn ogen stond die dromerige blik die hij kreeg wanneer hij opgewonden was, en waar Brett zo van hield. Daardoor voelde ze zich het aantrekkelijkste meisje ter wereld, en heel machtig. Ze hoopte dat dat niet betekende dat ze was voorbestemd om later voor meesteres te spelen.

Maar toen hij zich over haar heen boog en haar zoende, kon ze niet meer denken. Ze had zich nog nooit zo ontspannen en op haar gemak gevoeld. Ze was er klaar voor. 'Hoe vaak ben je vandaag getackeld?'

Onhandig friemelde hij met haar gouden oorringen. Hij kreunde. 'Een keer of vijftig.'

Brutaal greep ze zijn boksershort bij de tailleband beet en trok hem naar zich toe. 'Eenenvijftig,' fluisterde ze in zijn oor. 'Je hebt de deur toch goed dichtgedaan, hè?'

'Ik geloof van wel,' zei hij, en hij drukte een kusje in haar hals. Hij liet zijn hand afdwalen naar haar rug. Zijn ademhaling ging gejaagd.

'Ik eh... ik moet je iets vertellen.' Ze vond het ongelooflijk moeilijk om aan iets anders te denken dan aan Jeremiahs lippen op haar huid. Ze voelde zich dronken, ook al had ze nog geen slokje bier genomen.

'Oké.'

Jeremiah bleef maar aan haar schouder sabbelen. Ze moest hem wegduwen om te kunnen denken. En wat ze te zeggen had, was belangrijk. 'Weet je nog dat ik je een hele tijd geleden heb verteld dat ik eh... met een Zwitserse jongen naar bed was geweest? En dat dat voor mij de eerste keer was?'

'Hoe zou ik dat kunnen vergeten?' Jeremiah legde zijn hoofd op haar kussen en keek haar diep in de ogen. Hij speelde met het gouden zeesterretje aan haar ketting. Het zag er in zijn grote handen verschrikkelijk klein uit.

'Nou, dat was niet helemaal waar.' Ze haalde diep adem.

'O.' Jeremiah liet het zeesterretje los zodat het terugviel op haar blote huid. 'Nou, eh... het geeft niet als er nog meer geweest zijn, hoor. Het maakt me helemaal niet uit wat je allemaal hebt uitgespookt voordat je mij kende. Echt niet.' Teder kuste hij het puntje van haar neus.

'Dat... dat bedoelde ik niet.' Ze hoorde mensen door de gang rennen. Wat gebeurde daar allemaal? 'Er is toen niets gebeurd. Er is nooit iets gebeurd.'

'Bedoel je...'

'Toen je me vroeg of ik nog maagd was, had ik je de waarheid moeten vertellen. Dat ik nog maagd ben.' Ze trok haar neus op. 'Sorry dat ik daar niet eerlijk over ben geweest.'

Jeremiah deed er een poosje het zwijgen toe, en eerst dacht Brett dat hij misschien boos was. Maar toen raakte hij haar kin aan en lachte. Zijn onregelmatige ondergebit zag er extra schattig uit. 'Het doet er niet toe. Het gaat alleen nog maar om jou en mij, toch?'

'Ja!' Brett slaakte een diepe zucht van opluchting. Het verbaasde haar zelf dat ze zich daar zo zenuwachtig over had gemaakt. Natuurlijk begreep Jeremiah het. Hij begreep altijd alles. Ze werd overspoeld door emoties waarvan ze bijna ging huilen, maar ze kon zich nog net inhouden. Ze hield echt van hem, toch? Alles was helemaal volmaakt.

'Weet je dat je heel mooi bent, schat?' fluisterde hij. Hij streelde Bretts arm, waardoor ze tot in haar tenen tintelingen voelde. Ze voelde zich net zoals vlak voordat ze scoorde bij hockey, wanneer de adrenaline door haar aderen vloeide, al haar zintuigen op scherp stonden en het leek alsof ze zelfs het gras onder haar noppen kon voelen. De lucht leek dan blauwer en haar teamgenoten juichten harder. Haar hart ging wild tekeer.

'Ik denk...' Ze pakte zijn hand en drukte die tegen haar borst. Gek, maar ze wilde graag dat hij haar hart voelde kloppen. 'Ik geloof dat ik er nu klaar voor ben. Echt helemaal klaar.'

Op dat moment werd er hard op de deur geklopt. 'Doe open!' hoorden ze een vrouwenstem.

De adem stokte in Bretts keel. Samen sprongen ze uit bed. 'Kruip onder het bed,' fluisterde ze gejaagd. 'Of nee, ga in de kast zitten!'

Jeremiah dook in de richting van de kast. Daarbij bleef zijn teen haken achter Bretts sprei, en hij viel met een klap tegen Tinsleys bureaustoel aan, waardoor die omviel. 'Shit!' riep hij uit. Het schalde door de kamer, en waarschijnlijk ook door de gang.

De deur vloog open. Brett kon wel door de grond zakken. Nu was alles afgelopen. Ze zou van school worden gestuurd. Maar toen hoorde ze iemand zeggen: 'Jeremiah?' Een meisje dat Brett nog nooit eerder had gezien, stond in de deuropening. Ze zag er verbaasd uit.

Eh, hallo? Was ze verbaasd? En Brett dan, die bijna naakt onder het dekbed lag, op het belangrijkste moment van haar leven, om verrast te worden door een blonde griet met een modieuze bril die haar vriendje leek te kennen? Wat gebeurde er allemaal?

'Elizabeth! Eh... wat doe jij hier?' Jeremiah zette de stoel goed en wreef over zijn linkerknie.

Elizabeth?

Het meisje keek eens goed naar Brett.

Brett keek uitdagend terug, met het dekbed tot haar kin opgetrokken. Dit was verdomme háár kamer, en ze vond het echt niet fijn dat een groupie van het St. Lucius Jeremiah helemaal hiernaartoe achternazat, om haar vervolgens te bekijken alsof ze iets in petrischaaltje was.

Het meisje keek van Brett naar Jeremiah, blozend omdat ze

allebei halfnaakt waren. 'Brandon en ik... We wilden het feest eh... nieuw leven inblazen.'

Toen pas merkte Brett dat Brandon naast het meisje stond. Ook hij bloosde diep. In elk geval was hij zo fatsoenlijk om zich te schamen omdat hij zomaar kwam binnenvallen bij mensen die net genoten van een beetje privacy.

'Hoi, Brett.' Brandon trok aan de kraag van zijn polo.

Brett keek hem kwaad aan.

'Eh... Brett en ik wilden net naar beneden gaan,' mompelde Jeremiah.

Ja hoor, zeker met nauwelijks iets aan naar het feest.

Hij keek naar Brett en haalde verontschuldigend zijn schouders op.

Brett kon wel gillen omdat het zo oneerlijk was.

'Dit is eh...' begon hij.

Als je niet op mijn naam kunt komen, wurg ik je, dacht Brett.

'Dit is Brett. Brett, dit is mijn vriendin Elizabeth.'

De twee meisjes keken elkaar op hun hoede aan.

Misschien kwam het doordat Jeremiah zo slecht op zijn gemak was, maar Brett vond het allemaal hoogst verdacht. En dat terwijl ze niet eens zo idioot jaloers was aangelegd als Callie. Brett glimlachte zwakjes naar het meisje, en dat glimlachte zwakjes terug. Wat deed ze eigenlijk hier als ze op het St. Lucius zat? Moest ze niet naar een van de feesten daar? En waarom keek deze vriendin zo op haar neus nadat ze Jeremiah met een andere vriendin in bed had aangetroffen? Wat dacht ze wel, om zomaar binnen te komen?

En waarom had ze haar met twee kleuren, net als een stinkdier?

Brandon was de eerste die iets zei: 'Ik denk dat we hier maar beter kunnen weggaan. Dan kunnen jullie je eh... klaarmaken.' Hij legde in een beschermend gebaar zijn hand op Elizabeth' arm. Kende hij haar dan zo goed?

'O, eh, ja,' mompelde Elizabeth afwezig. 'Dan zien we jullie beneden wel.'

'Ja... Tot straks.' Jeremiah raapte zijn shirt op van de grond.

Brandon en Elizabeth liepen de kamer uit.

Brett wist niet wat ze ervan moest denken. En ook niet wat ze moest voelen. Ze gooide het dekbed van zich af omdat ze het ineens zo warm had gekregen. De prachtige jurk die ze van Rifat had geleend, lag op de vloer, maar ze was niet in de stemming om hem weer aan te trekken.

'Dat was maf,' zei ze terwijl ze naar Jeremiah keek, wachtend op zijn reactie.

Hij knoopte het bovenste knoopje dicht en kwam bij haar staan. 'Sorry dat we werden gestoord.' Even raakte hij haar haar aan. 'Er komt heus wel een andere keer.' Hij pakte zijn spijkerbroek van de grond.

Een andere keer? Goed, de sfeer was totaal verpest, maar moest Jeremiah niet zijn best doen om die te herstellen? Het was nog vroeg... Waarom wilde hij het niet nog eens proberen? Brett was bepaald niet meer in de stemming, maar toch... Het zou fijn zijn als hij een poging waagde.

Ze hoorde muziek op de gang. Gekwetst pakte ze een spijkerbroek met wijde pijpen uit haar kast en trok die aan. Terwijl ze naar een topje zocht, keek ze achterom naar Jeremiah en zag dat hij naar haar keek. 'Wat nou?' vroeg ze kwaad. Ze rukte een mouwloos zwart coltruitje van een hangertje.

Jeremiah schudde zijn hoofd. 'Niks. Je ziet er alleen heel sexy uit, zo in je beha.'

Omdat zijn accent van Boston zo zwaar was, glimlachte Brett. Voor de eerste keer nadat ze waren gestoord.

Maar terwijl ze haar truitje over haar hoofd trok, vroeg ze zich toch af wat hij allemaal voor haar achterhield.

Een Waverly Owl is zo slim om het niet over haar avontuurtjes te hebben

Easy zat in Callies kast te genieten van een zoen. Ze rook naar kruidnagelen, lippenstift met vanillesmaak en… hasj?

Callie had het altijd vreselijk gevonden als Easy hasj rookte, en dat gebeurde nogal vaak omdat hij een kamer deelde met Alan St. Girard, wiens hippie-ouders het spul verbouwden. Ze had dan altijd gezegd dat hij naar een concert van Dave Matthews rook, en geweigerd hem te zoenen. Maar Easy wist dat ze er vooral de pest over in had gehad dat hij door het blowen in zichzelf gekeerd raakte, en zich van haar afzonderde. Ze had steeds gevraagd waaraan hij dacht, alsof ze het niet kon hebben dat hij ergens was waar ze hem niet kon bereiken. Daar was hij wel eens een beetje gek van geworden.

Dus wat deed hij hier eigenlijk met zijn tong in haar mond? Jenny, dacht hij. Ze was bier gaan halen. Stel dat ze nu ineens terugkwam? Zijn maag draaide zich om, net alsof hij in een achtbaan zat, boven aan een steile helling, en er ineens achter kwam dat hij niet vastzat in dat ding waardoor je op je plaats bleef zitten.

Easy verbrak de kus. Het duizelde hem. En er kriebelde iets tegen zijn oor.

Callie fluisterde in het donker: 'Waar denk je aan?'

'Dat we hier weg moeten,' mompelde Easy. Op de tast zocht hij naar de deurknop en nadat hij die eindelijk had gevonden, duwde hij de deur open. Licht stroomde naar binnen. Callie zat naast hem, en ze zag er net zo verward uit als hij zich voelde. 'We moeten maar naar beneden gaan,' zei hij. 'Anders gaan ze zich nog afvragen waar we blijven.'

'Ja. Het moet niet verdacht lijken.' Ze stond als eerste op, en het viel hem op dat ze wel erg mager was geworden. Haar korte staartjes wipten op en neer. 'Weet je wat? Ga jij eerst naar beneden. Ik moet nog schoenen uitkiezen.'

Easy haalde diep adem voordat hij overeind kwam. 'Oké. Tot straks dan maar.' Hij liep de kamer uit en trok de deur achter zich dicht. Zijn voetstappen leken op de trap te galmen: stomkop, stomkop, stomkop. Had hij echt met Callie gezoend? De laatste paar maanden van hun verkering waren verschrikkelijk geweest, ook als ze niet bij elkaar waren. Ze zat altijd te zeuren en te bitsen, totdat hij het gevoel kreeg dat hij wel kon ontploffen. Hij probeerde zich voorbeelden voor de geest te halen, maar om de een of andere reden lukte hem dat niet. Hij zag haar alleen maar voor zich zoals ze lachend met hem en zijn vader aan tafel had gezeten, en zoals ze voor hem was opgekomen toen het over zijn liefde voor de kunst ging. Of zoals ze naast hem was komen zitten in de donkere kast.

Wat was er toch mis met hem? Had hij echt een grove fout gemaakt door het uit te maken met haar, of kon hij haar alleen nog maar door een roze brilletje zien? Was hij voorbestemd om zo'n loser te worden die uitsluitend naar meisjes verlangt die hij niet kan krijgen?

Shit. En dan was Jenny er nog. Hij moest met haar praten, maar als hij zelf niet eens wist wat zijn gevoelens waren, wat moest hij daar dan over zeggen? Hij wilde haar niet kwetsen. En hij wilde haar zeker niet kwijt.

Was het echt zo erg om op twee meisjes tegelijk verliefd te zijn? Kon dat eigenlijk wel?

'Hoi.' Ineens kwam Jenny uit een kamer gelopen, met in elke hand een Waverly-mok. Ze begon te stralen toen ze hem zag. 'Sorry dat het zo lang duurde. Er was vals alarm, en toen hebben we ons allemaal verstopt.'

Verstopt, ja. In donkere kasten. 'Het geeft niet.' Hij pakte een mok aan. 'Dank je.' Hij nam een slokje. 'Mm, warm bier.' Eigen schuld, dikke bult. Hij had het verdiend.

Jenny vertrouwde hem. Als hij alleen boven was geweest, al was het maar tien minuutjes, zou Callie hebben willen weten wat hij daar deed. Maar het leek niet eens bij Jenny op te komen dat hij iets zou kunnen hebben gedaan wat niet in de haak was. Daardoor voelde hij zich verschrikkelijk rot, een vuile bedrieger.

'Kunnen jullie elkaar misschien even loslaten voor een spelletje: ik heb nog nooit?' vroeg Heath Ferro. Hij zag er behoorlijk gestoord uit in een meisjestruitje waarop in glitterletters stond: FREE WINONA. Het truitje was veel te klein voor hem, maar dat vond hij waarschijnlijk wel prima, want daardoor kon hij het wasbordje laten zien waarover hij altijd zo opschepte.

'Alleen als je iets over dat truitje aantrekt,' antwoordde Easy hoofdschuddend. 'Ik kan die aanblik niet erg lang verdragen, denk ik.'

'Wat is er met je eigen kleren gebeurd, Heath?' vroeg Jenny poeslief.

Heath grijnsde breed. 'Vind je me dan niet onvergetelijk?' zei hij tegen Easy.

Jenny keek van de een naar de ander. Ze begreep er niets van.

Easy had Heath wel tegen de grond kunnen slaan, maar besloot dat niet te doen. 'Oké, we komen eraan.'

'Ik zou liever een ander spelletje doen,' zei Jenny onderweg naar de huiskamer.

Easy sloeg zijn arm om haar schouders. Het ging bijna vanzelf.

'Waarom spelen we nooit meer Trivial Pursuit of zo?' vroeg ze.

'Nerd.' Easy drukte een kusje op haar haar. Hij wilde alles in orde maken; met Jenny en met Callie. Maar hoe moest dat als hij met hen allebei wilde zoenen?

In de hoek werd nog steeds Twister gespeeld, maar nu deden Ryan Reynolds en Alan St. Girard ook mee. Ze zaten helemaal in de knoop met de meisjes.

Benny Cunningham zat op de bank met Lon Baruzza, die een van haar lange vlechten om zijn pols wond terwijl ze giechelend haar hand op zijn knie legde.

'Nou, ik ben blij dat jullie er ook zijn.' Tinsley lachte naar Jenny en Easy. Ze droeg een wit T-shirt en een bruin minirokje met bretels. En omdat tegenwoordig niemand meer bretels draagt, zag er ze ongelooflijk cool uit. Ze leek op zo'n Roller Girl uit *Boogie Nights*; voor jongens om gek van te worden. Ze zat op de armleuning van een van de leren banken met haar voeten op de salontafel, en ze zag er veel meer ontspannen uit dan op het feest in het Ritz-Bradley. Mooi zo. Misschien hield ze dan haar kleren aan. Hoewel Julian, die bijna over haar heen gedrapeerd hing, misschien liever een spontane striptease had gezien.

'Heeft iedereen een volle mok?' vroeg Brandon Buchanan. Hij zat in een diepe fauteuil met een ongelooflijk mooi meisje met blond en donker haar dat een jasje droeg waarvan de rits openstond, en een blauw T-shirt waarop stond: FREE TIBET; iets heel anders dan FREE WINONA. Brandons haar zat door de war, en deze keer eens niet met opzet.

Het meisje keek vaak in de richting van Brett en Jeremiah. Brett zat op de grond, en ze keek pissig. Jeremiah zat achter haar op de bank met Bretts haar te spelen.

Een stil meisje dat in Easy's wiskundecluster zat — Tara? Kara? — zat op de bank tussen Jeremiah en een klein, vogelachtig meisje in een zwart mini-jurkje dat eruitzag als iets wat

Tinsley zou kunnen dragen. Was zij niet dat rare meisje met de saxofoon? Waar kwamen al die meisjes ineens vandaan?

Het wiskundemeisje zwaaide naar Jenny.

'Dat is Kara,' fluisterde Jenny in Easy's oor. 'Ze is heel erg aardig.'

Callie verscheen opeens als uit het niets. Ze zag er slecht op haar gemak uit. Zonder in de richting van Jenny en Easy te kijken liet ze zich naast Benny op de bank ploffen.

'Waar heb jij gezeten?' vroeg Tinsley. Ze keek Callie strak aan.

Callie haalde alleen maar haar schouders op.

'En deze keer houden we ons aan de echte spelregels,' zei Jenny. Ze keek even op naar Heath, die graag spelregels verzon, zoals dat je hem hoe dan ook moest zoenen. 'Als je het hebt gedaan, moet je drinken.'

'Ik begin,' riep Heath Ferro. Snel nam hij nog een slok uit zijn mok. 'Ik heb nog nooit in de stallen… gezoend.'

Rotzak, dacht Easy. Heath was er duidelijk op uit om Easy te pesten, en ook Callie en Jenny. Waarom gedroeg hij zich toch altijd als een lul? Gelukkig was Easy niet de enige die de stallen romantisch vond; net als hijzelf, Callie en Jenny, namen ook Lon Baruzza en het magere blonde meisje een slok uit hun mok. Jenny en Callie keken Easy niet aan.

'Het verbaast me dat je dat daar niet hebt gedaan, Pony,' zei Benny Cunningham tegen Heath. 'Ik dacht dat jij het overál deed.'

'Ik word zeker niet opgewonden van de stank van paardenmest,' mompelde Heath.

'Nu is het mijn beurt,' zei Jenny.

Iedereen keek naar haar, en Easy dacht dat ze er wel heel aanbiddelijk uitzag met haar haar strak naar achteren.

'Ik heb nog nooit bier in mijn gezicht gegooid gekregen. Vanavond.'

Iedereen keek haar bevreemd aan, totdat Heath een grote slok uit zijn mok nam. Toen barstte iedereen in lachen uit.

Het speet Easy dat hij daar niet bij was geweest. Hij had het graag gezien.

'O, dus daarom heb je die kleren aan,' zei Tinsley lachend. 'Wie heeft het gedaan?'

'Vragen stellen hoort niet bij het spelletje, Carmichael. Je moet je wel aan de regels houden.' Heath keek kwaad in zijn mok.

'Nou ik,' zei het vogelmeisje gretig toen iedereen was uitgelachen. 'Eh... ik ben nog nooit met iemand naar bed geweest.'

Jezus! Dat was niet erg subtiel. De bedoeling was dat je met omwegen naar zulke dingen vroeg.

Er viel een diepe stilte. Iedereen keek elkaar aan, en niemand durfde als eerste een slokje te nemen.

'Zo!' zei Heath. Hij hief zijn mok en nam alweer een grote slok.

Lon Baruzza volgde zijn voorbeeld, en Benny keek hem goedkeurend aan toen ze ook een slok nam. Tinsley leunde lachend naar achteren. Dus Benny was niet zo preuts als ze zich altijd voordeed. Toen keken Jeremiah en het meisje in het leren jasje elkaar bijna gelijktijdig aan en namen snel een slokje, alsof ze hoopten dat niemand het zou zien. Ze werden helemaal rood.

Tinsley en een heleboel anderen dachten meteen dat ze het met elkaar hadden gedaan. Iedereen bleef doodstil zitten. Tinsley keek naar Brett, die met gebogen hoofd aan het bandje van haar schoen friemelde.

'Wacht eens.' Heath stak zijn hand op en maakte het geluid van een vrachtauto die achteruit rijdt. 'Tinsley Carmichael, het meisje dat overal is geweest en alles al heeft gedaan, is zo puur en zuiver als maagdelijke, pas gevallen sneeuw?'

'Waarom verbaast dat je, Heath? Omdat ik niet met jou naar bed wilde?' merkte Tinsley stekelig op. Ze bloosde diep.

Heath deed alsof hij een pijl uit zijn hart rukte.

'Jullie houden me zeker voor de gek.' Callie keek van Brett naar Tinsley. Ze zag er kwaad uit. 'Zijn jullie allebei nog maagd? Dan zijn jullie ook niet erg eerlijk tegen jullie kamergenoot geweest.'

Tinsley keek geërgerd, alsof ze vond dat iedereen dit veel te erg opblies.

'Je hebt heel vaak laten doorschemeren dat je alles behalve maagd was,' zei Callie tegen Tinsley. Kennelijk maakte ze zich er erg kwaad om. 'En meneer Dalton dan? Of Chiedo uit Zuid-Afrika?'

Een paar andere meisjes haalden de keren aan dat Tinsley ook niet de waarheid had verteld. Easy maakte het allemaal niet uit, het verbaasde hem totaal niet. Tinsley loog alsof het gedrukt stond, hij geloofde nooit een woord van wat ze zei. Maar hij keek geïnteresseerd naar Brett. Ze had vaak laten doorschemeren dat ze bepaald niet onschuldig was, maar hij had altijd gedacht dat ze zo stoer deed om iets te verbergen.

Maar nu zei Brett niets. Haar handen trilden, en Jeremiah fluisterde verwoed in haar oor om haar tot rust te laten komen. Kennelijk was het voor haar ook als een verrassing gekomen, dat van Jeremiah. Wat had hij met FREE TIBET?

Geërgerd stond Tinsley op en zei op hoge toon tegen Callie: 'Ik heb toch nooit gezegd dat ik met iemand naar bed was geweest? Nou dan.'

Dat vond Easy geen stijl. 'Maar...' begon hij, denkend aan die keer dat Tinsley bij een student van Columbia University was blijven slapen. Daar had ze de volgende dag stevig over opgeschept.

'Zullen we verder gaan met het spelletje?' Tinsley speelde met haar bretels en streek haar rokje glad. 'Mijn beurt,' zei ze snel, voordat iemand anders dat kon doen. 'Ik ben nog nooit met mijn ex-vriendinnetje en mijn vader uit eten gegaan, in plaats van met mijn huidige vriendinnetje.'

Easy's maag draaide zich om. Iedereen keek om zich heen. Ze begrepen er niets van. Waarschijnlijk dachten ze dat Tinsley niet meer tegen de stress kon en dat ze gek was geworden.

Tinsley keek Easy recht in het gezicht. Haar viooltjesblauwe ogen fonkelden van woede.

Waarom was ze zo kwaad op hem? vroeg hij zich af. Hij keek strak terug.

'Waarom neem je geen slok, Easy?' vroeg ze gemeen. 'Je kent de spelregels toch?'

Als ze geen meisje was geweest, zou hij zijn bier in haar gezicht hebben gegooid. Maar dat zou niets meer hebben uitgemaakt. Ze had al bereikt wat ze bereiken wilde. Namelijk dat zíj niet meer in het middelpunt van de belangstelling stond, maar híj.

Heath grinnikte alsof hij nog nooit zoiets grappigs had meegemaakt.

Jenny trok wit weg. Ze stond op en keek hem aan. 'Is... is dat waar?'

Easy was zich bewust van alle blikken die op hem waren gevestigd, en die blikken waren niet allemaal even vriendelijk. Niet dat het hem iets kon schelen wat ze van hem dachten. Hij wilde alleen maar dat Jenny niet de pest aan hem kreeg. 'Nou eh... niet echt, maarre... wel een beetje.' Niet echt een briljante reactie, maar dat deed er niet toe, want Jenny deinsde naar achteren en rende toen de kamer uit.

Iedereen praatte door elkaar heen, en Easy drukte zijn handen tegen zijn oren om het geluid buiten te sluiten.

Kara, het meisje naar wie Jenny had gezwaaid, sprong op en rende achter Jenny aan. Onderweg wierp ze Easy nog een boze blik toe.

Brett stond ook op en stormde het vertrek uit, en Jeremiah volgde haar meteen.

Callie vroeg woedend: 'Waarom deed je dat?' Ze liep naar Tinsley toe en ging pal voor haar staan.

'Nou, jullie hebben het toch ook over mijn geheimen? Waarom mag niemand dan de zijne weten?' Ze keek even naar Easy.

Callie schudde haar hoofd, waardoor haar staartjes hevig bewogen. 'Wat ben jij een verschrikkelijke bitch!'

Voor de eerste keer in haar leven leek Tinsley niet te weten wat ze moest zeggen. Haar lippen trilden een beetje, niet alsof ze op het punt stond in huilen uit te barsten, maar alsof ze een dodelijk antwoord aan het bedenken was. Na een paar tellen zwiepte ze haar haar op de rug en beende de kamer uit.

Dat werd verdomme tijd, dacht Easy. Jammer dat ze niet ook de rest van haar leven haar mond kon houden.

26

Een Waverly Owl weet dat eerlijkheid de basis is van een goede relatie

Nadat Brett de huiskamer uit was gestormd, wilde ze niet terug naar haar kamer, waar ze nog geen uur geleden bijna voor de eerste keer met haar vriendje naar bed was gegaan. Ze had toen gedacht dat alles volmaakt was. Maar nu was het wel duidelijk dat het allemaal maar nep was geweest. Jeremiah en zij konden niet meer met een groots, symbolisch gebaar hun maagdelijk-heid aan elkaar verliezen, omdat hij al met een ander naar bed was geweest: met dat meisje. En dat was niet lang geleden gebeurd. Toen het pas aan was tussen Brett en Jeremiah, was hij absoluut nog niet door de wol geverfd geweest. En toen raakte het uit en na twee weken weer aan. In de tussentijd moest hij het hebben gedaan. Shit. Ze werd misselijk bij de gedachte aan haar kamer, met Iron & Wine, sandelhoutwierook en de gordijnen dicht. Het was beter om luid stampend over de trap naar het dak te gaan, ook al ging de misselijkheid daarvan niet weg.

Wat ze echt wilde, was hard uit Dumbarton rennen, in een auto springen en ver weg rijden. Maar ze kon Dumbarton niet uit, en het dak was de verste plek die ze kon bereiken.

Ze duwde de metalen deur open en stapte de donkere, fris-se nacht in. Meteen kreeg ze kippenvel op haar armen, maar dat merkte ze niet eens. Het was een prachtige nacht, en daarvan werd ze nog pissiger. Al die tien miljoen sterren knipoogden op haar neer. Het liefst had ze ze allemaal om zeep gebracht.

De deur vloog open. Hijgend liep Jeremiah naar haar toe, maar ze deinsde achteruit. Ze hoopte dat hij nog meer spierpijn had gekregen van al die trappen.

'Hoe kón je? Hoe kón je dat doen en er mij niets over vertellen?' tierde ze. Het maakte haar niet uit of iemand anders het ook kon horen.

'Toe nou, Brett, doe een beetje rustig.'

'Ik heb jou verteld dat ik maagd was. Ik heb gezegd dat ik er klaar voor was. Ben jij ooit van plan geweest mij eens de waarheid te vertellen?'

'Ja, natuurlijk.' Hij stak zijn handen in de zakken van zijn donkere spijkerbroek. Hij keek erg bedroefd, alsof zijn hond net dood was of zoiets.

Goed zo, dacht Brett. Hij verdient het om flink verdrietig te zijn.

'Het... het was niet het juiste moment.'

'Wanneer zou dan wel het juiste moment zijn geweest?' vroeg Brett giftig. Ze voelde zich verraden. Ze had gedacht dat Jeremiah echt een aardige jongen was. Niet zo iemand als Eric Dalton. Jeremiah was niet iemand die met iedereen tussen de lakens kroop, of je dumpte voor het eerste het beste meisje dat langsliep.

'Wilde je het pas zeggen als we het al gedaan hadden?' ging Brett verder. 'Als Brandon en...' Ze kon Elizabeth' naam niet over haar lippen krijgen. 'Als Brandon en die bitch niet waren binnengekomen...'

'Ik zou het je hebben verteld,' zei Jeremiah. Hij haalde een Camel uit een verkreukeld pakje en stak die tussen zijn lippen. Vervolgens zocht hij in zijn zak naar een aansteker. 'Maar weet je, jij liegt al maanden tegen me. Waarom heb je me verteld dat je geen maagd meer was?'

'Omdat... omdat...' stamelde Brett. 'Dat weet ik niet. Niemand had daar iets mee te maken.' Wat deed het er trouwens toe? Als hij had geweten dat ze nog maagd was, zou hij dan niet die bitch hebben besprongen?

'Niemand heeft daar iets mee te maken?' vroeg Jeremiah. Hij nam een haal van zijn sigaret. 'Waarom ben je dan zo boos, als niemand iets met andermans maagdelijkheid te maken heeft?'

'Je verdraait alles!' Brett voelde zich erg hulpeloos. Ze was nog nooit zo kwaad geweest, kwaad op alles en iedereen. Op Jeremiah, op zichzelf en op Elizabeth. Elizabeth kon ze wel wurgen. De gedachten spookten in razende vaart door haar hoofd.

'Het was niet eens aan tussen ons toen het gebeurde,' zei Jeremiah zacht. 'Ik bedoel, ík ben niet degene die achter andermans rug om...'

'Wat?' Wat oneerlijk van hem om haar te herinneren aan meneer Dalton. Ze had al wel duizend keer haar excuses aangeboden. 'Ik ben nooit met Eric naar bed geweest.'

'Hoe kon ik dat nou weten?' Plotseling leek hij eerder kwaad te zijn dan verdrietig. Zijn warrige rode haar wapperde in de wind. 'Eerst dump je me, per voicemail nog wel, en zonder enige verklaring. Je belde nooit terug, je beantwoordde mijn e-mails en sms'jes niet, en twee dagen later hoorde ik dat je bij die gluiperd was blijven slapen. Wat moest ik anders denken?'

Brett vond het vreselijk om te horen. Ze had zich verschrikkelijk misdragen. 'Ik weet het, ik was heel erg rot tegen je. Maar hoe vaak moet ik nog zeggen dat het me spijt?' Kennelijk nog veel en veel vaker. 'Maar daarom hoefde jij nog niet met een ander het bed in te duiken! Jezusmina.' Er biggelde een traan over haar wang, en kwaad veegde ze die weg. Ze draaide zich om en liep naar het stenen muurtje langs de rand van het dak.

Het was stil op het schoolterrein. Door de bomen heen zag ze licht schijnen uit de ramen van de huizen, en ergens aan de andere kant van het terrein zat de raad van bestuur zich te bezatten aan Marymounts wijn. Ze hadden vast grote lol.

Ze wreef over haar armen om ze warm te maken.

Jeremiah schraapte zijn keel. 'Je hebt mijn hart gebroken, Brett.' Hij klonk alsof hij moest huilen, maar toen nam hij nog een haal van zijn sigaret en trilde zijn stem niet meer. 'Ik was helemaal van de kaart. Ik snapte er niets van. Weet je, ik dacht dat je om me gaf.'

'Ik gaf ook om je!' riep ze uit. Zodra ze het had gezegd, drong het tot haar door dat het raar klonk, zo in de verleden tijd. Alsof ze ooit om hem had gegeven, maar nu niet meer.

Twee grote uilen stegen op uit een enorme eik en vlogen achter elkaar aan over het schoolterrein. Brett vroeg zich af of de mannetjesuil ook wel eens buiten de pot pieste, en of de wijfjesuil het hem dan vergaf.

'Nou, dat liet je dan op een wel erg vreemde manier blijken.'

'Haal het niet in je hoofd om mij overal de schuld van te geven.' Met een ruk draaide ze zich naar hem om. 'Jij moest zo nodig meteen iemand anders. Hoe lang heb je daarmee gewacht? Eén dag? Twee dagen?'

Jeremiah gooide de half opgerookte sigaret op de grond en trapte hem uit met zijn groene Puma. Brett had die schoenen nooit leuk gevonden. 'Ik moest erover praten. Ik moest proberen het te begrijpen. En Elizabeth stond voor me klaar. Ze luisterde naar me, en toen... toen gebeurde het ineens. Ik dacht er niet bij na. Ik was zo van de kaart dat ik niet eens kón denken.'

Brett schopte een steentje weg. 'Ik wilde dat jij de eerste zou zijn. Daarom ben ik niet met Eric naar bed gegaan. Het gaf me geen goed gevoel. Ik wilde dat jíj het was.'

Blijkbaar had hij niet zulke sterke gevoelens voor haar gehad als hij met het eerste het beste meisje dat hem had getroost, naar bed was gegaan. Brett had zeventien jaar gewacht. Nou ja, de eerste dertien, veertien jaar had ze er nooit bij stilgestaan...

Maar toen ze eindelijk had beseft van wie ze nou echt hield, wie de man was met wie ze wilde vrijen, had hij het al gedaan met die Elizabeth. Kende die meid dan geen andere manieren om een jongen te troosten? Plotseling dacht ze aan stoelendans, het moment waarop de muziek zwijgt, iedereen gauw gaat zitten en jij daar maar staat. Zo verloren voelde zich nu ook, maar dan duizend keer erger.

'Je begrijpt het niet,' zei Jeremiah. 'Want jij hebt nooit een gebroken hart gehad.'

Brett slikte iets weg. 'Nu wel.'

'Brett...'

'Hoe was het eigenlijk?' Onwillekeurig stelde ze zich Jeremiah en Elizabeth voor, naakt rollebollend in zijn bed. Zoenend. Ze vroeg zich af waar ze het hadden gedaan; in zijn kamer of in de hare. Of misschien buiten, of in een goedkoop motel. Wat had Elizabeth aangehad? Had hij tegen haar ook gezegd dat ze mooi was? Had hij haar 'schat' genoemd?

'Was het lekker?' vroeg ze.

Het duurde lang voordat Jeremiah iets zei. Eerst keek hij haar alleen maar aan met die grote blauwgroene ogen. 'Jij was het niet.'

'Het is alweer twee weken aan tussen ons,' zei Brett zacht. Ze keek naar de neus van haar roomkleurige mocassins. Er zat een zwart vlekje op, van het steentje dat ze had weggeschopt. 'Was er nou al die tijd geen gelegenheid om het me te vertellen?'

'Ik wilde niet dat je het weer uitmaakte.'

Brett keek omhoog naar de sterren. Wat haar betrof mochten ze allemaal uit de lucht vallen en haar verpletteren. Dan was het maar voorbij. Het leek net alsof ze werd bestraft omdat ze zo stom was geweest om verliefd te worden op Eric Dalton. Of dat ze werd bestraft omdat ze had gelogen over haar maagdelijkheid. Als Jeremiah daarover de waarheid had gekend, zou hij misschien niet zo snel met Elizabeth in bed zijn gesprongen. Ineens moest ze denken aan een nogal pessimistisch gedichtje van Dorothy Parker.

Heb je je eenmaal gegeven,
Zuchtend, huiv'rend, alsjeblieft,
En belooft hij je een leven
Van eeuw'ge trouw, altijd verliefd,
Meid, bedenk dan eerst nog even
Eén van jullie tweeën liegt

Het was waar: ze hadden allebei tegen elkaar gelogen, en nu zaten ze met de gebakken peren. Het koude zweet brak haar uit, net alsof ze griep had, en haar knieën knikten. Het was waar dat Jeremiah begrip voor haar had getoond, en dat hij haar dat akkefietje met Dalton had vergeven. Ze had gedacht dat dat betekende dat hij veel om haar gaf. Maar als hij van haar hield, waarom was hij dan met een ander naar bed gegaan?

Brett haalde diep adem. 'Je had het me moeten vertellen.'

Owlnet instant message inbox

YvonneStidder: Jezus, kwam het door mijn vraag dat het feest is afgelopen?

KaraWhalen: Een beetje wel, maar het is niet jouw schuld dat iedereen tegen elkaar liegt over van alles.

YvonneStidder: Oké. Wie had ooit kunnen denken dat Tinsley het nog nooit heeft gedaan? Dat geeft me nou hoop.

KaraWhalen: Lieveling, als je het wilt, hoef je er alleen maar om te vragen. De jongens hier zijn allemaal botergeil.

YvonneStidder: Heath Ferro zag er schattig uit in dat meisjestruitje.

KaraWhalen: Je kunt wel iets beters krijgen als je met je ogen dicht een naam uit het telefoonboek prikt.

YvonneStidder: Jij hebt dat bier in zijn gezicht gegooid, hè?

KaraWhalen: Ik beken schuld!

27

Een Owl met verantwoordelijkheidsgevoel komt op voor haarzelf, ook als ze met een wel heel knappe jongen te maken heeft

Als versuft liep Callie rond in de verlaten huiskamer van Dumbarton. Ze kon nog steeds niet geloven dat het allemaal echt was gebeurd. Ze had altijd wel geweten dat dit soort spelletjes gevaarlijk waren, dat maakte het ook zo leuk. Maar meestal betekende gevaar voor haar dat ze domme dingen deed, zoals dronken worden en zoenen met Heath Ferro. Deze keer was het veel erger. Ze voelde zich heel erg rot, en voor de verandering eens niet om zichzelf. Ze voelde zich rot vanwege Jenny. Het was raar om ineens medelijden te hebben met het meisje aan wie ze al zo lang de pest had, maar eigenlijk was Jenny heel aardig. Jenny had niets gezegd over de haarelastiekjes die op geheimzinnige wijze waren verdwenen, en dat moest ze toch hebben gemerkt. En ze had ook niets gezegd over dat schattige tekeningetje van Easy dat weg was. Als de rollen omgedraaid zouden zijn geweest, zou Callie daar een paar bijtende opmerkingen over hebben gemaakt. Maar daar was Jenny te lief voor. Eigenlijk was ze nog een kind, en duidelijk stapelverliefd op Easy Walsh. Die trouwens de enige andere persoon was die zich nog in de huiskamer bevond. Hij zat met een biertje in zijn hand dat hij had aangelengd met een halve fles Jack Daniels.

Callie bleef staan en keek om zich heen. Het zag eruit alsof er net een feest was geweest. En zo rook het ook. Overal lagen en stonden Waverly-mokken en plastic bekertjes, sommige nog met bier erin. Geweldig. Als Pardee ineens vroeg terugkwam, zou ze meteen weten wat hier was gebeurd, en zouden de meisjes van Dumbarton een hele máánd huisarrest krijgen.

Waar was iedereen? Dat Tinsley het feest had verpest, betekende nog niet dat er niet moest worden opgeruimd. Callie trok haar neus op en pakte een plastic bekertje. 'Je zou me op zijn minst kunnen helpen.'

Easy kon nauwelijks zijn blik op haar richten. 'Watte?'

'Wil je alsjeblieft even ophouden met alleen maar aan jezelf te denken?' Callie liep de gang in naar het keukentje waarin een koelkast stond, boordevol restjes Chinees en beschimmelde pizzapunten. Er was ook een aanrecht, en een magnetron waarin iedereen altijd popcorn liet aanbranden. Ze goot het bier in de gootsteen en spoelde het bekertje om voordat ze het in de vuilnisbak mikte. Toen ze terugkwam in de huiskamer, zat Easy nog steeds op zijn gat, en dat maakte haar woedend.

'Wat nou?' zei hij toen het hem opviel dat ze boos keek. 'Wat wil je dan dat ik doe?'

Ze pakte twee mokken van de salontafel en duwde Easy's voeten eraf. 'Hou nou eens op met medelijden met jezelf te hebben, en denk even aan de anderen die erbij betrokken zijn.'

'Misschien doe ik dat juist.'

'Misschien wel,' zei Callie. Ze stapelde de mokken en keek naar Easy, die maar bleef zitten. 'Maar je had eerder aan hen moeten denken, toen het er nog toe deed. Je hebt iedereen heel rot behandeld.'

Kreunend wreef Easy in zijn ogen, zijn drankje balancerend op zijn knie. 'Dat weet ik. Ik voel me hartstikke rot…'

Callie kon zien dat Easy zich rot voelde, maar zij voelde zich ook rot. En hoe moest Jenny zich wel niet voelen? Easy hield alle troeven in handen. Callie en Jenny waren allebei op hem verliefd, en daar had hij misbruik van gemaakt. 'Nou, dat verdien je, dat je je rot voelt.'

Easy zei niets, alsof hij wel wist dat ze gelijk had.

Callie hád ook gelijk. Ineens voelde het fijn om voor haarzelf op te komen. Hij kon niet op de bank blijven zitten, dronkenmansverdriet hebben, en medelijden met zichzelf omdat hij niet al in Parijs zat met al die mooie Parijse meisjes. Nee, Easy moest een keer leren wat verantwoordelijkheidsgevoel was en zelf zijn rommel opruimen.

Callie liep nog eens naar de keuken en zette daar de mokken neer. Onderweg terug naar de huiskamer nam ze een pizzadoos mee waarin korstjes rondrolden. 'Easy, luister nou eens. Ik wil niet streng zijn, maar je kunt nu eenmaal niet alles hebben. Als je verliefd bent op Jenny, kun je niet meer verliefd zijn op mij.'

Dat zou wel naar zijn... Maar toch, Callie meende het. Ze wilde niet een van Easy's vriendinnetjes zijn. Ze wilde zijn enige vriendinnetje zijn of helemaal niets van hem. Het was fijn geweest weer eens met hem te zoenen — echt heel, heel geweldig — maar geen jongen was het waard om jezelf zo voor aap te zetten.

Easy stond op. 'Zo werkt dat niet.'

'Nou, dan moet je het maar zo laten werken. Je moet erachter zien te komen wat je nou wilt.' Ze propte een paar verfrommelde, vettige servetjes in de doos (getver!) en stond op. Om de een of andere reden voelde ze zich trots op zichzelf. 'En zolang jij niet weet wat je wilt, twijfel ik eraan of we allebei sowieso iets met jóú willen.'

Owlnet instant message inbox

AlanStGirard: Heb je gehoord wat er in de huiskamer is gebeurd?

AlisonQuentin: Wat, dat Tinsley en Brett nog maagd
zijn? Dat Kara bier in Heath' gezicht
heeft gegooid? Dat Easy Jenny met
Callie bedriegt?

AlanStGirard: Eh... ja. Hoe weet je dat allemaal?

AlisonQuentin: Schat, nieuws doet snel de ronde als
je de hele dag gedwongen binnen
moet zitten.

AlanStGirard: Heb je er de kriebels van gekregen?
Heb je zin om samen met mij naakt
door de tunnel te rennen?

AlisonQuentin: Schrijf dat maar op je buik. Weet je
nou nog niet dat niets hier ooit
geheim blijft?

AlanStGirard: In jouw kamer dan. Blijven geheimen
daar wel bewaard??? ;)

AlisonQuentin: Een Owl met verantwoordelijkheidsgevoel nodigt geen jongens op haar
kamer uit... (maar ze stuurt hen ook
niet weg!)

28

Een Waverly Owl vreest het donker niet, soms vindt ze dat juist prettig

'Dat was nogal een ramp, hè?' zei Elizabeth luchtig terwijl ze met Brandon tegen de leuning van de keldertrap hing. Ze had een vol bekertje bier in haar hand. Haar leren jasje had ze om haar middel geknoopt, en het T-shirt met FREE TIBET spande om haar borsten.

Brandon vroeg zich af of ze soms zo iemand was die altijd handtekeningen verzamelde om de walvis te redden en voedselhulp te sturen naar verre buitenlanden. Want dat zou heel erg sexy zijn. Misschien had hij wel een meisje nodig dat niet steeds bezig was met zichzelf, zoals Callie en Tinsley.

'Meestal moet er wel iemand braken omdat die te veel heeft gedronken, dus het viel wel mee.' Brandon had zelf ook een paar bekertjes te veel gedronken, en het was lastig praten met een tong die niet wilde wat hij wilde.

Heath had rondgelopen en gezegd dat iedereen flink moest doordrinken omdat er statiegeld op de lege fusten zat. Maar ach, toen was er iets gebeurd tijdens het spelletje 'Ik heb nog nooit'.

Brandon vond het rot voor Jenny. Jenny was lief, het was echt vreselijk om haar zo vernederd te zien waar iedereen bij was. Nog een reden om de pest aan Easy te hebben, en Brandon hád al zo de pest aan hem. Wat had Easy bezield om Callie mee te vragen voor het etentje met zijn vader? Jezus! Elke halvegare idioot had hem kunnen vertellen dat dat geen goed idee was.

'Leuk T-shirt,' zei Brandon omdat hij niets anders kon bedenken. 'Red je ook de walvis?'

'Alleen als ik niet veel huiswerk heb,' antwoordde ze. Ze liet haar hand over de leuning glijden.

Brandon glimlachte. Dit meisje kwam met gevatte antwoorden, en dat was leuk. Als hij niet een beetje aangeschoten was geweest, zou hij ook iets gevats hebben bedacht. Het speet hem dat zijn gedachten zo stroperig waren. Hij kon echt niets bedenken om te zeggen, hij kon alleen maar denken aan dat moedervlekje op haar wang.

'Eh... wil je de tunnels soms zien?' vroeg hij uiteindelijk.

'De beroemde tunnels?' Haar ogen fonkelden. 'Heel graag!'

'Cool.' Brandon liep langzaam de trap af.

Elizabeth liep achter hem aan naar de bezemkast. De deur naar de tunnels stond wijd open. 'Dit is net iets uit de tijd dat ze slaven via tunnels de grens over hielpen... Gaaf!' fluisterde ze diep onder de indruk.

Brandon haalde de zaklamp uit zijn broekzak en knipte die aan.

Meteen legde Elizabeth haar hand ervoor. 'In die tijd hadden ze geen zaklampen. Zet uit.' Ze stapte de duistere tunnel in, heel voorzichtig vanwege het trappetje, en verdween toen in het donker.

'Eh... wacht even.' Onhandig kwam Brandon achter haar aan. 'Ze hadden toen toch zeker wel kaarsen? Ze hebben vast wel íéts gehad.' Hij voelde het beton van de tunnelvloer onder zijn gympen, en hij kneep zijn ogen tot spleetjes.

Een klein vlammetje verlichtte Elizabeth' gezicht, en om haar heen ontstond een lichtkring. 'Het is geen Zippo, maar het moet maar.' In het flakkerende licht van de aansteker zag ze er nog mooier uit dan eerst.

'Waar wil je naartoe?' vroeg Brandon. Het viel hem op dat

ze allebei heel zachtjes praatten, alsof ze bang waren voor de galm in de uitgestrekte, doodstille tunnel. Het was veel leuker om hier met Elizabeth te zijn dan boven met zijn maffe vrienden.

Dat kwam als een hele verrassing.

Elizabeth keek omhoog naar het betonnen plafond en nam vervolgens een slokje bier. 'Mijn Vespa staat in de struiken bij dat poorthuis of wat het ook is. Je weet wel, dat vervallen gebouw bij het schoolterrein. Daar zouden we naartoe kunnen gaan.' Ze stak haar bekertje uit naar Brandon. 'Slokje?'

Brandon nam het bekertje aan terwijl er beelden in hem oprezen van Audrey Hepburn in *Roman Holiday*. Daardoor kon hij helemaal niet meer aan bacillen denken. Hij nam een slokje uit haar beker. 'Een Vespa?'

'Vind je dat te ruig, Armani?' Ze trok even aan zijn trui.

Hoe wist ze dat die trui van Armani was? vroeg Brandon zich af. 'Nou, Ik had eigenlijk gedacht dat je een motor zou hebben. Dat leren jasje zette me op het verkeerde been.'

Elizabeth boog zich naar hem toe. 'Schrik niet,' fluisterde ze, 'maar het is geen echt leer.'

Brandon grijnsde breed. Hij vond het leuk dat dit meisje geen deel uitmaakte van de inteelt van de incrowd van het Waverly. Goed, ze had iets met Jeremiah gehad, en Jeremiah had iets met Brett, en Brett had weer... Hij schudde zijn hoofd om deze verwarrende gedachten kwijt te raken. 'Hoe wist je dat Jeremiah hier zou zijn?'

Ze keek een beetje beschaamd en klikte toen de aansteker dicht, zodat ze ineens in het pikkedonker stonden. 'Ik ben geen stalker, hoor.' Stilte. 'Hij had het me verteld.'

'O... Maar het is nu dus niet meer aan tussen jullie?' Om de een of andere reden was het makkelijker om zoiets in het donker te vragen. Het licht dat door de open deur naar Dumbarton scheen, was ver weg, en het duurde een poosje voordat

Brandons ogen zich aan het donker hadden aangepast en hij de vage vorm van Elizabeth kon zien.

'Nee,' zei ze snel, tot Brandons geruststelling. 'En het is trouwens ook nooit aan geweest.'

Samen liepen ze verder, alsof ze wisten waar ze naartoe gingen.

'We konden alleen maar goed met elkaar opschieten,' ging ze verder. 'En toen brak Brett zijn hart. En toen werd het allemaal heel emotioneel en toen gebeurde het.'

'Je hoeft me dat niet allemaal te vertellen, hoor,' zei Brandon, hoewel hij het wel prettig vond dat ze niet om Jeremiah treurde. Want als ze op knappe, breedgeschouderde sportievelingen viel, kon Brandon het wel vergeten.

'Weet ik.' Het vlammetje floepte weer aan en zette haar gezicht in een warme gloed. 'Ik wilde alleen het een en ander verduidelijken.'

Brandons hart klopte wild.

'Nou ja,' zei ze terwijl ze met haar hand langs de muur streek. 'Ik kwam eigenlijk even naar die Brett kijken. Ik wilde weten of het niet weer een spelletje van haar was.' Even zweeg ze. 'Helaas heb ik alles voor hem verpest, geloof ik.'

'Daar kon jij niets aan doen.'

'Nou ja, ik had niet zo eerlijk hoeven te zijn. Ik bedoel, dat spelletje speel je niet onder ede of zo. Ik had best kunnen liegen, en dan...'

'Dat had niks uitgemaakt. Hij moest haar toch ooit de waarheid vertellen.' Plotseling drong het tot Brandon door dat hij het niet meer over Jeremiah en Brett wilde hebben. Ze moesten het zelf maar uitzoeken.

Wat hij wilde, was dit meisje zoenen.

'En jij? Jij en die Jenny?' vroeg Elizabeth verlegen. 'Je sprong zomaar op toen ze de kamer uit ging, alsof je achter haar aan wilde gaan.'

O, ja? Dat herinnerde Brandon zich niet meer. 'Ik mag haar nu eenmaal graag. Ik bedoel, we zijn vrienden.' En hij kon het niet uitstaan dat Easy haar bedroog, ook al verbaasde hem dat niet. Easy had totaal geen geweten. Als hij Jenny wilde, zorgde hij dat hij Jenny kreeg. Als hij toch liever Callie had, nou, dan zorgde hij dat hij haar ook kreeg. 'Ik vind het rot voor haar dat haar vriendje zo'n klojo is.'

'Dus ik hoef op niemand jaloers te zijn?'

Jaloers? Oké. Alsof Brandon ook maar aan iets anders kon denken dan alleen zijn in een tunnel met dit opwindende meisje in een nepleren jasje en met funky haar. Door haar verdwenen al zijn remmingen.

'Ik wil niet meer over die lui praten,' zei hij. Hij nam nog een slok van Elizabeth' bier, alsof het een powerdrankje was.

'O?' Elizabeth trok haar wenkbrauwen op. Ze speelde met haar aansteker, klikte hem open en dicht, open en dicht, totdat ze hem niet meer opende. 'Waar wil je dan wel over praten?'

Brandon zette het bier op de grond en zette een stap in wat hij dacht dat Elizabeth' richting was. Het was niet moeilijk haar te vinden. Hij glimlachte in het donker, wetend dat zijn gezicht maar een paar centimeter van het hare verwijderd was. 'Eh... kernoorlogen?'

Hij hoorde haar giechelen, en toen ze haar mond opendeed om iets te zeggen, kuste hij haar. Ze kuste hem gretig terug, en Brandon kon alleen maar denken aan hoe opwindend en anders het was. Hij liet zijn handen over haar rug glijden, en merkte niet eens hoe donker het was omdat hij zijn ogen dicht had.

29

*Een Waverly Owl vertelt altijd de waarheid,
behalve wanneer het verstandiger is dat
niet te doen*

Jenny vond zichzelf een verschrikkelijke aanstelster omdat ze zo plotseling uit de huiskamer was gerend. Maar daar had ze niets aan kunnen doen. Ze zou gestikt zijn als ze daar nog langer was gebleven. Met Easy, die tegen haar had gelogen. En met alle anderen, die gniffelend naar haar hadden gekeken, waardoor ze zich een ontzettende oen voelde omdat ze had gedacht dat Easy verliefd op haar kon zijn. Waarom moest dit allemaal gebeuren? Kon dan nooit eens iets gemakkelijk gaan? Want zeg nou zelf: zou Easy Callie mee vragen om te gaan eten met zijn vader als hij niet verliefd op haar was? Jenny begreep er niets van. Schaamde Easy zich soms voor haar? Omdat ze zo klein was. Of te jong, of te New Yorks voor zijn vader. Was alleen Callie goed genoeg, met haar blonde haar en chique, zuidelijke afkomst?

Zodra Jenny in haar kamer was, voelde ze zich een beetje beter. In elk geval keek er hier niemand naar haar, en hoefde ze Tinsley tenminste niet te zien. Die moest echt vreselijk de pest aan haar hebben om Jenny zo voor schut te zetten in het bijzijn van Jenny's vriendinnen. Of misschien waren ze wel helemaal niet haar vriendinnen, dacht Jenny somber terwijl ze haar stereo aanzette. Ze had geen klamme handen meer, maar ze had nog steeds het gevoel dat ze elk moment kon gaan overgeven.

Er werd op de deur geklopt. Easy? Maar nee, Kara stak haar

hoofd om het hoekje. 'Mag ik binnenkomen? Heb je behoefte aan gezelschap?'

Eigenlijk was Jenny wel blij dat het Easy niet was. Ze was nu niet in de stemming om met hem te praten, tenzij hij kon vertellen dat het allemaal niet waar was, dat hij niet met Callie uit eten was gegaan. Als hij dat kon ontkennen, zou ze misschien bereid zijn naar hem te luisteren. Maar omdat dat nu niet zou gebeuren, wilde ze eerst zelf even over alles nadenken.

'Kom maar binnen, als je het niet erg vindt dat ik mijn troostkleren aantrek,' zei ze.

Kara floot zachtjes en ging toen op Jenny's bed zitten.

Jenny haalde haar flanellen Calvin Klein-pyjamabroek uit de bovenste la, en een zwart topje.

'Tinsley weet het goed te brengen, hè?' zei Kara.

Bijna moest Jenny lachen toen ze Verena's strapless jurkje uittrok, en die tietenpletter van een beha. Snel trok ze de pyjamabroek en het topje aan. Flanel was zo heerlijk zacht. Het gaf helemaal niet dat de ruitjes waren vervaagd of de knieën versleten. 'Zeg dat wel. Volgens mij vindt ze niets fijner dan mensen te kakken zetten.'

Kara trok haar benen op. 'Zeg, je trekt je toch zeker niks aan van wat anderen zeggen?'

'Nee... Maar ik weet totaal niet wat Easy denkt. Dat is het eigenlijke probleem. Ik bedoel, snap ik iets niet? Waarom heeft hij in vredesnaam Callie mee uit eten gevraagd?' Ze liet zich op het bed ploffen en drukte het kussen tegen zich aan. 'En waarom heeft hij dat niet tegen me gezegd?'

'Misschien kun je beter nog geen conclusies trekken. Eerst moet je met hem praten. Je moet hem de kans geven het uit te leggen. Misschien was er wel een heel goede verklaring voor, bijvoorbeeld dat hij een engerd van een vader heeft en dat hij liever niet wilde dat zijn vader jou de grond in boorde.' Kara haalde haar schouders op. 'En omdat hij Callie niet echt mag, maakte het hem niet uit dat zíj de volle laag kreeg.'

Jenny lachte schamper. 'Ja, hoor. Maar volgens mij is het probleem eerder dat hij Callie té graag mag.'

'Hij is gek op jou,' zei Kara.

Er werd weer op de deur geklopt, heel zachtjes. Aarzelend duwde Callie de deur open, alsof ze bang was dat ze iets naar haar hoofd gesmeten zou krijgen.

Meteen kreeg Jenny medelijden met haar. Het was niet Callies schuld. Behalve misschien dat ze met Easy uit eten was gegaan, maar dat kon je haar eigenlijk niet echt kwalijk nemen.

'Kom maar binnen, ik ben niet boos op jou,' zei Jenny. Maar omdat ze Callie in de deuropening zag staan, zo mager, elegant en mooi, trilde haar stem een beetje. Alsof ze op het punt stond te gaan huilen.

'Jenny, het spijt me.' Callie rende naar haar toe, alsof ze haar wilde knuffelen, maar niet goed durfde. 'Ik... ik vind het heel rot dat je er op zo'n manier achter moest komen.'

'Het geeft niet. Easy had het me moeten vertellen, niet jij.' Jenny haalde haar schouders op. Ze voelde zich net een klein kind in haar zwarte topje en de wijde, geruite pyjamabroek. 'Het is niet jouw schuld dat Tinsley zo'n enorme bitch is.'

Callie beet op haar lip. 'Ik weet ook niet waarom ze zo doet. Misschien heeft ze last van pms.'

'Ik ben nog nooit iemand tegengekomen die de hele maand last van pms heeft,' merkte Kara op.

Jenny keek Kara smekend aan en schoof toen een eindje op om plaats te maken voor Callie, die nog steeds voor haar stond. 'Eh...' Haar stem stierf weg. Ze haalde diep adem. 'Eh... Is er nog iets gebeurd? Tijdens dat etentje? Tussen Easy en jou?'

'Nee!' antwoordde Callie op heftige toon. 'Het was gewoon vriendschappelijk. Easy kan niet goed overweg met zijn vader, weet je.' Ze haalde haar schonkige schouders op. 'Omdat ik hem al kende, maakte dat het makkelijker.'

Kara lachte naar Jenny, als om te zeggen: dat zei ik je toch?

Jenny glimlachte flauwtjes. Door Callies antwoord voelde ze zich niet echt beter. Callie kende Easy nu eenmaal langer dan zij. Daar was niets aan te veranderen, tenzij ze iets uitvond om de tijd terug te draaien. Het was niet eerlijk.

Callie kon aan Jenny zien dat ze het moeilijk had. Ze moest maar niets zeggen over het zoenen in de kast. Waarom zou ze ook? Het zou Jenny alleen maar nóg verdrietiger maken. Misschien was het beter als ze het helemaal nooit te weten kwam.

'Tinsley is gewoon een bitch,' zei Callie zo natuurlijk mogelijk. 'Ze doet altijd haar best om problemen te veroorzaken.' Ze hoopte dat het geen slecht karma was om alweer te liegen. Maar het zou wreed zijn om Jenny van dat zoenen te vertellen.

'Nou, dan is het Tinsley weer goed gelukt.' Brett beende naar binnen. Haar ogen waren rood en gezwollen, en haar haar hing in slierten om haar gezicht, alsof ze eraan had gerukt. Ze gooide zich op Jenny's bed.

Jenny legde haar hand op Bretts schouder, en ineens besefte Callie dat ze het miste dat ze geen echte vriendinnen had. Tinsley wilde alleen maar iedereen kwetsen, en Benny was uitsluitend in roddels geïnteresseerd.

'Gaat het, Brett?' vroeg Kara bezorgd. Ze was nog steeds gestoken in feestkleding: een romantisch blouse en een donkere broek met uitlopende pijpen. Cool.

'Ik leef nog.' Brett schopte haar schoenen uit, die met een bons op de grond vielen. 'Maar als jullie het hebben over hoe stom jongens zijn, zou dat prettig zijn.'

'Heb je echt bier in Heath' gezicht gegooid?' vroeg Callie ineens aan Kara.

'Alleen maar omdat hij het had verdiend,' antwoordde

Kara. 'Hij is toch zo'n klojo. Hij heeft me een jaarlang gepest, en nu ik... Nou ja, nu ik niet meer dik ben, denkt hij dat hij maar met zijn vingers hoeft te knippen en ik val hem in de armen.' Ze zag rood van ergernis.

Callie knikte, maar ze begreep het niet echt. Iemand moest haar het maar eens uitleggen. Maar het was leuk dat Kara bier in Heath' gezicht had gegooid. Het leek wel of Heath altijd alles op een presenteerblaadje kreeg aangereikt: mooie cijfers terwijl hij er niet voor had gewerkt, meisjes die hij niet verdiende. Het werd tijd dat hij een keer lik op stuk kreeg.

'Zijn alle jongens zo kort van memorie?' vroeg Callie. Ze dacht natuurlijk aan Easy. Was hij vergeten dat hij haar had gedumpt? Dat het een heel jaar aan was geweest, en dat hij haar toen ineens niet meer zag zitten? En twee weken later had hij zeker gedacht: wat doet het er ook toe, ik ben met haar uit eten geweest, dus kan ik haar nu ook wel zoenen. Was hij Jenny zomaar vergeten? Grr! Zo ging je niet met mensen om. Callie had spijt dat ze het zover had laten komen. 'Ligt het soms aan al dat testosteron?'

'Bedoel je dat ze door testosteron met hun piemel gaan denken?' Brett ging rechtop zitten. 'Walgelijk. Wij denken toch ook niet met onze eileiders?' Ze balde haar vuisten. Eigenlijk zag ze er nog woedender uit dan toen ze was weggerend van het feest.

'Laten we het niet over geslachtsorganen hebben,' zei Callie. 'Ik word er misselijk van.'

'Penis, teelbal, eileider, vagina,' zei Kara snel achter elkaar. Callie drukte haar handen tegen de oren, en de anderen moesten lachen. Zelfs Jenny en Brett, die daarnet nog half in tranen waren geweest.

'Nou, zijn we het erover eens dat alle jongens klootzakken zijn? In elk geval af en toe?'

Callie wreef over haar nek. Die was stijf na alle doorstane spanningen van deze avond.

'Jongens zijn alleen klootzakken als je ze toestaat dat te zijn,' zei Kara. Ze liet haar vinger over Callies sprei dwalen. 'Stel dat meisjes het niet meer van ze zouden pikken?'

'Dan zouden ze zich als normale menselijke wezens moeten gedragen.' Brett wond een lok rood haar om haar vinger.

'Laten we een verbond sluiten,' stelde Callie voor. Ineens wilde ze graag iets doen waardoor ze zich niet meer door Easy zou laten manipuleren.

'Oké,' zei Jenny na een hele tijd van zwijgen. 'Zullen we afspreken dat we respect voor onszelf hebben zodat jongens ons met respect zullen behandelen?' Ze beet op haar lip. 'Ik bedoel, als wij ons eraan houden, gebeurt... dat andere... vanzelf.'

'Misschien kunnen we het verwerken in het opstel over Owls met verantwoordelijkheidsgevoel,' zei Brett. Ze tikte met haar keurig gelakte nagel tegen haar kin. 'Zoiets als dat Owls met verantwoordelijkheidsgevoel zich niet laten manipuleren door een stelletje zeikerds van jongens. Iets met girlpower.'

'Denk je dat we allemaal samen één opstel kunnen inleveren?' vroeg Kara hoopvol. 'Ik bedoel, ze hebben *The Breakfast Club* vast in de bioscoop gezien. Ons allemaal huisarrest geven is erom vrágen, toch?'

'Het zou een symbolisch gebaar zijn. Alsof er maar één antwoord mogelijk was omdat...' Jenny grijnsde schaapachtig. 'Omdat we eigenlijk allemaal hetzelfde zijn, diep vanbinnen.'

Precies. Het leek mal, maar de meisjes beseften allemaal de waarheid die eraan ten grondslag lag. Jenny, in haar pyjama en met haar donkere krullen in een rommelig staartje. Brett, met huilogen, maar toch vastberaden. Kara, die ze nauwelijks kenden, met haar grote groenbruine ogen en rode wangen van opwinding. En Callie... Nou, die maakte het voor één keertje eens niet uit hoe ze eruitzag. Ze wist alleen maar dat het fijn was.

'Een verbond,' zei Callie nogmaals.

Breed lachend bogen de vier meisjes zich naar elkaar toe en legden hun handen op elkaar. Het was misschien een beetje flauw allemaal, maar Callie had het gevoel dat ze er echt bij hoorde. Dat ze niet meer overal zo alleen voor stond.

Een Owl met verantwoordelijkheidsgevoel weet hoe hij een geheim moet bewaren, vooral als hij daardoor het meisje krijgt

'Niet te geloven dat Heath en ik dat fust helemaal hiernaartoe hebben gesjouwd!' riep Julian uit. Hij stond bij de rand van het dak en keek over het stenen muurtje naar de gietijzeren brandtrap.

'Een half fust,' zei Tinsley plagerig achter hem. 'Waarom deden jullie dat toch?'

'Een mooi meisje zei dat ik dat moest doen.' Julian raapte een steentje op, blies erop en zwaaide toen een paar keer met zijn arm voordat hij het wegslingerde, alsof hij een steentje over een vijver wilde laten ketsen.

'Doe je altijd alles wat mooie meisje zeggen dat je moet doen?'

'Ach, weet je, ik ben goed opgevoed.'

Er waren allerlei dingen goed aan hem. Nadat het feest plotsklaps was afgelopen, waren Julian, Tinsley en een paar anderen naar de kleinere huiskamer boven gegaan, waar de tv en de dvd-speler stonden. Een beetje verlegen had Julian een dvd van de bibliotheek uit zijn tas gehaald: *Rosencrantz and Guildenstern Are Dead.* 'Omdat de voorstelling van de filmclub niet doorging,' had hij gefluisterd.

Op dat moment was Tinsley blij dat ze niet alleen waren. Wie weet wat er anders zou zijn gebeurd? Maar Lon en Benny hadden gezellig tegen elkaar aan op de bank gezeten, en Julian en

Tinsley een eindje verder op een andere bank. De bank was in het midden behoorlijk doorgezakt, en dat betekende dat ze langzaam naar elkaar toe gleden. Bij elke nieuwe scène had Tinsley een eindje moeten wegschuiven, anders was ze nog op zijn schoot terechtgekomen.

Niet dat ze dat erg zou hebben gevonden als ze alleen waren geweest. Maar er waren andere dingen waaraan ze moest denken. Ze wist dat het stom was, en dat leeftijd geen verschil zou moeten maken. Madonna was immers tien jaar ouder dan Guy Ritchie. Maar Guy Ritchie was geen onderbouwer.

En er was nog iets. Ze vond het altijd het leukste om op de eerste kus te wachten, wanneer je niet zeker weet of die wel komt, of hoe die zal zijn. Wanneer je helemaal gespannen erop wacht. Soms was dat moment van afwachten helaas leuker dan het zoenen zelf. Vaak werd ze teleurgesteld. En wanneer de kus was beëindigd en die een onvoldoende had gescoord, was het eigenlijk al afgelopen voor haar.

Ze wilde niet dat zoiets met Julian zou gebeuren. Het was opwindend om met hem in het donker te zitten, met Lon en Benny maar een klein eindje bij hen vandaan. Ze keek naar een van de grappigste films die ze ooit had gezien en probeerde zich niet af te vragen hoe Julians lippen zouden smaken. Hij had ook een leuke lach, alsof het hem niet kon schelen wie het hoorde.

Nadat de film was afgelopen, glipten ze de kleine huiskamer uit. Benny lag met haar hoofd tegen Lons borst aan, en een van hen tweeën snurkte luid. Tinsley en Julian waren naar het dak gegaan, en daar waren ze nu nog.

'Kom eens,' zei Julian plotseling, terwijl hij naar beneden keek.

Tinsley liep naar het stenen muurtje en keek ook naar beneden. Kwam Pardee eraan? Maar ze zag niets dan gras en struiken diep beneden zich. Er bewoog niks.

'Wat moet ik dan zien?' vroeg Tinsley, zich sterk bewust van

Julians nabijheid. Hij stond maar een paar centimeter van haar af.

'O, weet ik veel.'

Verbaasd keek ze naar hem op. Hij had zijn wollen muts niet meer op en de wind speelde door zijn warrige haar. Hij had een kuiltje in zijn wang.

'Ik wilde alleen maar dat je een beetje dichterbij kwam.'

'O...' zei Tinsley. 'En wat wil je nog meer?' Er voer een huivering door haar heen.

'Ik wil dat je geen vragen meer stelt zodat ik je kan zoenen.'

'Waarom zou je me willen...' begon ze. Ineens werd ze bang. Het ging allemaal zo snel. Ze wist niet of ze dat spannende moment van afwachten al wel wilde opgeven.

Maar toen boog Julian zich over haar heen en drukte zijn lippen op haar rechterwang. Hij hield ze daar even, en Tinsley rook de lekkere dennengeur van zijn haar.

Hij had niets gezegd over de rottige manier waarop ze een einde had gemaakt aan het spelletje. Dat vond Tinsley fijn. Hij was niet verbaasd of teleurgesteld of zoiets. Hij leek haar zomaar aardig te vinden.

En toen kon ze het niet langer weerstaan. Ze wreef met haar neus langs de zijne en beroerde toen zijn lippen met haar mond, eerst zacht en toen steviger. Ze voelde Julians handen op haar middel toen hij haar tegen zich aan trok.

Misschien is hij dan nog wel heel jong, dacht ze, maar hij kan wél goed zoenen.

'Zie je wel?' zei Tinsley nadat ze de kus had beëindigd. 'Ik kan best een poosje mijn mond houden.'

Julian streek het haar uit haar gezicht en drukte een kusje op haar oor, een heel lief, vederlicht kusje. Daarna liet hij zijn lippen naar haar hals glijden, zodat ze bijna smolt. 'Vergis je niet, ik vind je ook leuk als je aan het babbelen bent...' Het klonk bijna nog intiemer dan het spoor van kusjes op haar blote huid.

'Maar het is fijn om een beetje van allebei te hebben. Weet je, ik vind je echt heel leuk.'

Tinsley slaakte een zucht. 'Je kent me nauwelijks.' Ze maakte zich los uit zijn armen en leunde tegen het muurtje om het dak.

'Dat weet ik nog niet zo net,' zei Julian. 'Ik weet hoe je je benen scheert onder de douche. Ik weet dat je al begint te giechelen voordat dat leuke stukje in een film komt, gewoon omdat je weet dat het eraan komt. Ik weet dat je een grappige moedervlek achter je linkeroor hebt, en dat alleen bofkonten die te zien krijgen. Of hem mogen kussen.'

Tinsley keek naar de flonkerende sterren hoog boven zich. Ze leken naar haar te knipogen. 'Dank je,' reageerde ze dromerig. Ze zou best samen met hem in slaap willen vallen, hier, op het dak. 'Ik mag jou ook graag.'

Julian streek door zijn haar, zodat het alle kanten op viel. Hij zag eruit als zo'n zielige, uitgemergelde popster. Hij zou best wat meer vlees op zijn botten mogen hebben.

Tinsley pakte een doosje kretek-sigaretten dat iemand — Callie? — daar zeker had laten liggen, met een doosje lucifers ernaast. Ze stak er eentje op en gaf het doosje aan Julian.

Hij schudde zijn hoofd. 'Niemand zal dit geloven.' Hij grijnsde breed.

'Wat zal niemand geloven?' Plotseling was Tinsley weer helemaal wakker. 'We moeten het aan niemand vertellen, hoor. Het is ons geheim.'

Julian keek alsof ze plotseling een emmer koud water over hem heen had gekieperd. 'Waarom?'

Omdat je een onderbouwer bent, had ze willen zeggen. Maar in plaats daarvan zei ze heel rustig, alsof ze een kalme discussie in de klas voerden en zij haar standpunt uiteen moest zetten: 'Begrijp me niet verkeerd, hoor. Maar je bent hier nog niet zo lang, je weet dus nog niet dat iedereen hier op het

Waverly elkaar in de gaten houdt, en daar zijn relaties meestal niet tegen bestand.' Onschuldig haalde ze haar schouders op, alsof ze aan Easy en Jenny dacht, achter wiens relatie ook wel gauw een punt zou worden gezet. 'Ik wil gewoon niet dat dat met ons gebeurt, snap je?'

'Het is dus niet omdat ik een onderbouwer ben?' Onderzoekend keek hij haar aan.

'Jij bent een heel sexy onderbouwer,' zei ze snel. Dat hij onderbouwer was, had er maar gedeeltelijk mee te maken. Tinsley was voornamelijk bang omdat ze niets van relaties bakte. Zodra het aan was, wilde ze zich altijd terugtrekken. En dat alle Waverly Owls iedereen voortdurend in de gaten hielden, hielp ook niet echt. Zodra er werd gefluisterd dat iemand verkering had, deden ze heel verbaasd als ze de een zonder de ander tegenkwamen. Tinsley moest er niet aan denken dat iedereen haar zou vragen: 'Waar is Julian?' Het leek wel alsof je geen individu meer was zodra je deel uitmaakte van een stelletje. De gedachte alleen al maakte haar misselijk.

Maar het was echt fijn om bij Julian te zijn, ze wilde dat niet nu al kapotmaken.

'Het is veel leuker als het geheim blijft,' ging ze verder toen ze zag dat Julian aarzelde. 'Dan bemoeit niemand zich ermee.'

'Durft iemand jou ooit iets te weigeren?' vroeg Julian na een korte stilte. Zijn ogen fonkelden uitdagend, alsof hij wist dat hij op het punt stond iets te doen wat hij beter niet kon doen, maar het toch niet kon laten.

'Niet vaak,' gaf ze toe, en ze lachte.

Van:	BrettMesserschmidt@waverly.edu
Aan:	RectorMarymount@waverly.edu
CC:	KathrynRose@waverly.edu;
	bewoners van Dumbarton
Datum:	zondag 6 oktober, 17:14
Onderwerp:	Opstel

Beste meneer Marymount en mevrouw Rose,

We accepteren het dat we een heel weekend huisarrest hadden.
Want wat we deden, was heel verkeerd. Maar nadat we erover
hebben gesproken, zijn we tot een andere conclusie gekomen
over wat een Owl met verantwoordelijkheidsgevoel nu eigenlijk
is.

U ziet Waverly Owls zoals ú hen wilt zien: u stopt hen in hokjes.
Zoals zonen en dochters van oud-leerlingen, prinsesjes,
gestoorden, delinquenten, groupies, en Owls met verantwoordelijkheidsgevoel.

Dat klopt toch? Zo beschouwden we elkaar ook voordat we huisarrest kregen. We waren gehersenspoeld.

Maar we waren niet allemaal schuldig aan waaraan u dacht dat
we schuldig waren. We waren echter wel allemaal schuldig aan
íéts. We zijn schuldig aan het mensen etiketten opplakken, en
aan het toestaan dat anderen ons een etiket opplakken, en ook
aan het leven naar het etiket dat ons werd opgeplakt.

Daarom zijn we samen tot een conclusie gekomen over wat een
Owl met verantwoordelijkheidsgevoel nu precies is.

Ze probeert niet anders te zijn dan ze is, ook al draagt ze andermans kleren.

Ze kent de andere meisjes van haar huis.

Ze liegt niet over zichzelf, niet tegen zichzelf en niet tegen anderen.

Ze zegt wat ze bedoelt en ze bedoelt wat ze zegt.

Ze heeft respect voor zichzelf zodat anderen respect voor haar zullen hebben.

Dit is ons gezamenlijke antwoord. Dit is wat we dit weekend hebben geleerd en wat we niet zullen vergeten.

Hoogachtend,

De meisjes van Dumbarton

Owlnet instant message inbox

BennyCunningham: Goed gedaan, Brett! Je bent een goede klassenprefect! Hoe kom je aan al die onzin?

BrettMesserschmidt: Jenny, Callie en Kara hebben me geholpen. En ik weet niet of het wel onzin is, hoor.

BennyCunningham: Bedoel je dat Jenny en Callie elkaar nog steeds niet hebben vermoord?

BrettMesserschmidt: Volgens mij gaan ze dat niet doen ook. Niet meer.

BennyCunningham: Iedereen heeft het over Kara die haar bier in Heath' gezicht heeft gesmeten. Hartstikke cool, zeg. Echt een toffe meid. Ik ben blij dat we haar hebben ontdekt.

BrettMesserschmidt: Ze woont al een jaar hier, Benny. Ze zat heus niet te wachten totdat jij haar eens zou ontdekken.

BennyCunningham: Nou, ik mag haar wel. Ze heeft iets… iets…

BrettMesserschmidt: Misschien hebben we allemaal wel iets.

Genoten van *de it-girl*?
Dan mag je ook *de VIP*lijst*-serie niet missen!

Anna Percy is mooi, rijk en intelligent, en ze heeft een kleding-kast om jaloers op te zijn. Ze is net van New York naar Los Angeles verhuisd, maar daar staan de populaire meisjes niet te wachten op de concurrentie van de mooie, rijke, slimme Anna…